# 続 老いの風景

人生を味わう

渡辺哲雄

中日新聞社

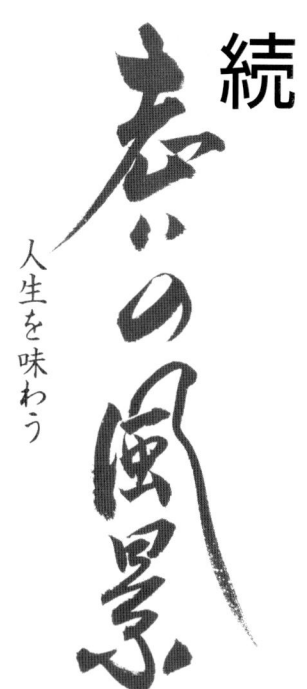

# はじめに

中日新聞社から『老いの風景』の執筆依頼があって、お引き受けした直後に直腸がんが発見された私は、手術を待つ一カ月間の不安から目をそらすように作品を書いて書いて、約束の一年分を書き上げてから晴れ晴れと入院しました。平成六年の四月のことです。

とりあえず一年というつもりがいつのまにか七年を越える長期連載となったことに作者自身が驚くとともに、こうして続編出版に際して初回作品から読み返してみると、改めて気づくことがあります。

生きることに困難を背負ってしまった高齢者に対して、社会の仕組みがいかに不十分であるかということを告発するような内容に傾いていた初期の作品が次第に姿を変え、最近では、誰もが等しく老いてゆくという観点からとらえたさまざまな人生模様を味わおうとする作品が増えているのです。

小説とは実に不思議な表現形式です。

勇気を表現しようとすれば、主人公の前にたくさんの困難を配置しなければ描くことはできませんし、正義の物語は、主人公の周辺に悪を登場させなければ成立しません。一緒に乗り越える共通の試練が存在しなければ友情も単なる仲良しに過ぎませんし、愛は主人公に自己犠牲を強いる状況を設定しなければ表しようがありません。そして読者は、勇気や正義や愛といった人間の普遍的な価値に触れた時に初めて感動するのです。

我々の現実も実は同じ構造になっているのではないかと思い至って、人生を見る視点が鮮やかに変わりました。

生まれた以上は必ず老いて死んでゆく人生という舞台の上で、あるいは犠牲を強いる側に回ったり、あるいはそれを引き受ける側に回ったりしながら、双方で例えば愛という普遍的な価値を表現することができた時、人は瞬時にせよ、個を越えた大いなるものに参加するのではないでしょうか。

人生は絵画ではありません。結果よりも過程そのものが意味を持つ表現舞台です。自覚するしないにかかわらず、複数の人々が懸命に演じ演じて織り上げる人生という織物の模様や光沢を、小説と言う形で味わってみたいと思うようになりました。

人生を味わう…。

私はこの本の副題を迷わずたった今決定しました。そして、できれば全編を通じて何かしら人間の普遍的な価値に手が届いていることをひそかに祈らずにはいられないのです。

平成十三年九月

著　者

# 続 老いの風景 ～人生を味わう～ 目次

# 第一章　家族

## 謝　罪

ほとんど一年ぶりに帰って来た娘が、

「私、学校を辞めようと思うの…」

ためらいがちに切り出した話は、とても賛成できる内容ではなかった。

「葉子、それはねずみ講と言ってな、決して良心的な商売じゃないんだぞ。第一おまえ、お年寄りのお世話がしたくて今の専門学校へ入ったんじゃなかったのか？」

「どんな仕事も全部必要があってこの世に存在してるのよ、お父さん。私、介護よりセールスに向いてることに気がついたの。絶対にうまくいくわ」

「ばか！　大切なことは、その仕事が自分を高めるかどうかってことだ。おまえがその商品を売ることにどんな意味があるって言うんだ」

「ばかって何よ、そんなこと言ってるからお父さんはいつまでたっても貧乏暮らしなんじゃない！」

「何！」

周平の血相が変わった。

「二人とも続きは明日にしたら」

妻の奈津恵の機転でとりあえず話は中断したが、その夜周平は寝付かれなかった。寝付かれないまま周平は半世紀をさかのぼって懐かしい故郷の畑にいた。


「周平さっさとまけ！　日が暮れるぞ」

背後で父親の声がした。周平は左腕に抱えた牛ふんのバケツに手をつっこもうとして急に腹が立った。大勢の同級生の中で、どうして自分ばかりがこれほど貧乏なんだろう。

「こんな仕事はいやだ！」

言った途端に殺気に襲われた。牛ふんに汚れた手で父親がくわを振り上げていた。

周平は逃げた。逃げて逃げて、神社に隠れているところを姉が迎えに来てくれた。

「周平、おまえはとうとうおれに謝らなかったなあ…」

父親の声は、まるで生きているように周平の耳元ではっきりと聞こえた。


同じ夜、葉子の心にどんな変化が生じたのだろう。顔を洗う周平の後ろを通り抜けながら、葉子が翌朝さりげなく言った。

「ごめんネ、父さん」

「いや、おれも昔、貧乏を憎んだ。思ったように生きればいい」

新聞の介護福祉士合格者の欄に、葉子の名前を見つけた奈津恵が、短い叫び声を上げたのは翌年の春のことだった。

## ●天国からの謝辞

葬儀は無用という故人の意志にもかかわらず、邦夫の告別式は着々と準備が進んでいた。

祭壇には親類縁者からの籠《かご》盛りが所狭しと並べられ、式場を飾るたくさんの生花の列が、子どもたちの社会的地位を誇示していた。

「天気が良くて何よりだったなあ…」

長男の一郎が、通夜で伸びた無精ひげを電気シェーバーでそりながら言うと、

「本当にこれでいいのかい？」

喪服姿の和代が次郎の顔を見た。

「母さん、葬儀は遺族の体面でするもんだよ。おやじにはもう直接は関係がないんだ」

「そうだよ、母さん。おやじは葬式はしないものと信じて死んだんだ。約束は果たしたと考えればいい。後は残されたおれたちの付き合い上の儀式なんだよ」

「でも…」

あの人は、そういうことが嫌いだったんじゃないの…と言おうとして、和代は口をつぐんだ。もう葬儀の始まる時間だった。

五人の僧侶《そうりょ》が朗々と読み上げる読経の中をしめやかに焼香が終わり、喪主のあいさつ文を一郎が礼服の内ポケットに確かめた時である。

故人とは同級生で何かと親交の厚かった住職が、やおらマイクの前に立ち、紫の法衣のたもとから一通の封書を取り出すと、

「実は、大変異例なことでありますが、葬儀の席で披露するようにと、亡くなる少し前に故人から謝辞をお預かりしております」

そう前置きしてゆっくりと読み始めた。

『私は貴重な皆様のお時間を頂戴《ちょうだい》してお見送りいただく何ほどの人物でもありませんので、葬儀は行わないよう申し付けておりましたが、おそらく不肖の子どもたちは、遺族の体面とやらで分不相応な告別式を執り行っていることと思います。ひとえに子どもたちとのお付き合いゆえに、私とは一面識もない皆様が多数ご参列くださっていることと存じますが、ご厚情に深く感謝致しますとともに、この場をお借りして子どもたちに伝えておきたいことがございます。どうか誠実に生きなさい。そして周囲の人々を大切にしなさい。人生の終末のベッドに横たわると、それが唯一の財産であることが分かります…』

たかをくくるな、自分を偽るな、否定的な考え方をするな…どれもが久しぶりに聞く父親の口ぐせだった。あふれる涙をぬぐおうともしない二人の息子たちを、邦夫の遺影が笑って見下ろしている。

## ●はがき

大半が封も切らないで捨てられてしまうダイレクトメールが多い中で、そのはがきはひときわ光彩を放っていた。

あて先は町外れに独りで住んでいる高木律子となっているが、「郵便屋さん、必ず裏を読んで下さい」という赤い文字に促されて裏面を読むと、こんな文面がつづられていた。

「高木律子は私の母です。昨年軽い脳梗塞《こうそく》を病みました。幸いまひは残らなかったものの一人娘としては心配で、一緒に暮らそうと誘いましたが、住み慣れた故郷を離れるとは申しません。せめて日に一度、ヘルパーさんに安否確認の訪問をお願いしましたが、そういうサービスはないとのこと。そこで、このはがきを思い付きました。これを届ける時、母に声をかけて欲しいのです。留守にする時は鍵をかけるように言ってあります。玄関が開いていて返事がない時は母が倒れているかもしれません。どうかよろしくお願いします」

明彦は苦笑した。

長いこと郵便配達をしているが、こんなはがきは初めてだった。一枚五十円のはがきで、まんまと安否確認をさせようとする計画はずうずうしくもあるが、半面、興味深くもあった。

迷った末、

「ごめんください」

結局、文面通り玄関を開けて声をかけると、

「あれあれ郵便屋さん、娘からのはがきでしょう？　悪う思わんでくださいねえ」

待ち構えていたように現れて頭を下げた律子は、明彦の死んだ祖母に面影が似ていた。

「親孝行な娘さんですね」

「いいえ、親を残して遠いところへ嫁に行ってしまった親不孝もんです」

律子は言葉とは裏腹に幸せそうに笑った。

「あの、こんな特別な配達はもう…」

と言おうとした明彦も、そこから先を言わないで笑った。

次の日も、そのまた次の日もはがきが着いた。

一週間もたつと、明彦と律子との間には奇妙な友情が芽生えていた。

「ごめんください」

「あれ？　日曜日でしょうに？」

「この時間にここに寄らないと、何だか気持ち悪くて…」

今日もひと月千五百円の安否確認が続いている。

# 散　歩

その日、家中の辞書という辞書をすべて集めて頭を抱え込む喜一郎に、

「どうしたんですか？　お義父《とう》さん」

不思議そうに一恵が尋ねると、喜一郎は一枚のはがきを見せて、

「この、マエリャク（前略）という字の意味が、どの辞書にも載っとらんのや」

と言った。

「ああ、これはゼンリャクとも読みますから、ゼの項で調べてみたらいかがですか？」

痴ほうが始まったのだった。

やがて喜一郎は、散歩に出かけては、警察官と一緒に戻って来るようになった。

「わし、どうやって帰ったらええか、今日もまた分からんようになったんや」

八十近くまで会社役員として大勢の社員からの尊敬を集めた喜一郎の頭脳が壊れていく。心配だから付き添わせて欲しいと一恵が申し出ると、

「必要ない！」

まゆを吊り上げて拒否した喜一郎だったが、

「私も散歩に連れてって下さいよ、このごろどうにも運動不足で…」

と嘆願すると、あっけなく承諾した。

コースは昔から決まっていた。

玄関を出て市道から国道を横切り、公園を一周して帰ってくる。

喜一郎は、会社役員をしていたころと変わらぬしっかりした足取りで黙々と歩を運んだ。

一恵は、日を追って痴ほうの程度を増す義父の散歩に毎朝付き合いながら気がついたことがある。どんなに交通量が多くても、喜一郎は手すりのない地下道には絶対に入らなかった。どんなに安全でも、喜一郎はそびえるような歩道橋は決して渡らなかった。

散歩コースに、急に道幅が狭くなって歩道の途切れる場所が一カ所ある。

そこへさしかかると、きまって喜一郎は右手を腰に当て、ガチョウのしっぽよろしくその手を盛んに振った。その奇妙なしぐさの意味だけが一恵にはどうしても理解できなかった。

二人の傍らをすり抜けるように巨大な長距離トラックが通り過ぎた。

その時に謎が解けた。

ほとんど口を利かなくなっていた喜一郎が突然鋭い声を上げた。

「一恵、危ないぞ！」

奇妙なしぐさは、一恵にもっと道端に寄れという、優しい合図だったのだ。

## ●幸　福

三年前の同窓会にも顔を見せなかった昭一は、何の前触れもなく利明の家を訪ねてきたかと思うと、しばらくは懐かしい学生時代の思い出話をしていたが、やがて芝居じみたしぐさで床に両手をつき、

「頼む、絶対に迷惑かけへんさかい連帯保証人になってくれ」

と顔を伏せたまま言った。

会社の危機は、今度の資金繰りさえうまくいけば必ず乗り切れるのだという昭一の話を利明は最後まで聞かず、

「たとえ親子でも判だけは押すないうのが死んだおやじの遺言なんや。おれんとこの会社かて自転車操業や。悪う思わんといてや」

立ち上がって、早く帰れと言わんばかりに応接間のドアを開けた。

「あんた、もうちょっと親身になってあげたらどないやの。あの人、アルバムに何枚も並んで写ってる学生時代の親友やろう?」

と非難する妻の智枝を、

「アホ、金が絡んだら友情は壊れてしまう。それにな、そもそも親友なら大事な友達のところ

には金なんか借りに来んもんや」

利明は、ばっさりと返り討ちにすると、

「ほな商工会の寄り合いに行って来るで」

やすやすと欺いて、ひそかに二年越しの交際が続いている女との約束の喫茶店へ向かった。


高校を中退してフリーターをしている長男は、金に困らない限り家には寄り付かない。タレントになる夢ばかり追いかけている長女は、まじめに働く気配はない。自分の子どもさえ満足に教育もできないくせに、妻は夫に偉そうに差し出がましい口をきく。

(ふん！　何がもう少し親身になったらや。みんな一体誰のおかげでええ服着て白いご飯が食べられる思うてんねん)

時間を守ったためしのない女を待ちわびて、利明が二本目のたばこを灰皿に押しつけたとき、店の隅から聞き覚えのある声がした。

「済まん。資金繰り、できひんかった」

「もうええやないか、お父ちゃん。土地ごと工場を売ってみんなで小さなアパートに住んだらええ。なあに、父ちゃんと母ちゃんぐらいおれたちでちゃんと食わせるがな」

たくましい二人の息子の前で昭一が泣いている。

(おまえ、商売は下手やけど、ええ子どもたち持って幸福やなあ…)

利明は、今夜帰ったら昭一に電話をかけてやろうと思っていた。

## ●宅配便

受話器から聞こえてくる久美子の声は息も絶え絶えだった。

「わかった、すぐ帰る」

啓介は会社を早退して自宅へ急いだ。洗濯物を取り込もうとしてわずかに体をひねった拍子に腰に激痛が走ったのだという。

「特別、重いもの持ったわけじゃないのよ」

胎児のような格好で背中を丸めて居間に横たわる久美子は、

「ここまでやっと這って来たの。あなた、…洗濯物をお願い」

顔をゆがめながら、あえぎあえぎ言った。

「そんなことより医者だろう！」

「安静治療よ、じっとしてれば治る。それより、しばらく、迷惑かけるわ」

「何言ってるんだ。明日、明後日と休めばあとは土日だ。今日からオレが主婦をやるよ。こう見えても器用なんだぞ」

啓介は笑ってみせたが、すぐに笑ってはいられなくなった。起きるとまず洗濯をし、朝食を作り、ごみを出し、掃除をする。昼食を済ませた後は、買い物をし、洗濯物を取り込み、ふろを洗い、夕食を作る。その間に書留が届く、自治会の回覧が回る、セールスが来る。

「だめだめ、不燃物は金曜日だけよ」

「バカね、生ごみを外に出しておいたらネコにやられるに決まってるでしょう」

久美子をやきもきさせながら、ポットを空だきし、鍋を一つ焦がし、保温で炊いた米二合を無駄にして、日曜日の朝、啓介の悪戦苦闘はようやく終了した。

「無理すんなよ。オレ、手伝うからさ。それにしても主婦の仕事ってのは無限地獄だなァ。食べれば必ず後片付けが待っている」

「長年連れ添って今ごろ分かったの？」

「ああ、思い知ったよ。しかし、故郷のおふくろが倒れでもしたら、介護と家事とで大変なことになるよな？」

「本当…。私たちがこうして平和に暮らせるのもお義母《かあ》さんが元気なおかげよね」

「来月はおふくろの誕生日だ。何か贈って励ましておこうか」

田舎で一人頑張っている千代の顔を啓介と久美子が思い浮かべた時、宅配便が届いた。中から出てきた色とりどりの野菜には、

「無農薬の有機栽培ばかりです。都会の空気は汚れています。健康に気をつけてください」

子を思う母親の手紙が添えられていた。

## ●暖簾

店を抜け出してはパチンコに入りびたり、夜はせっせと居酒屋に通う夫に業を煮やし、

「あんた！　ゆくゆくは百年続いたこの越庵の暖簾《のれん》を背負って行かんならん立場なんやで。ちっとは仕事に身ぃ入れてお父さんを安心させてあげたらどないやねん…」

菜美枝の浴びせる小言を背中に、直哉は勢いよく自転車にまたがった。

百年続いた暖簾という言葉を聞くたびに、直哉の目の前には真っ暗な絶望の海が広がる。伝統だの老舗《しにせ》だのと言うが、父が、その父が、そのまた父が、暖簾に縛られた不自由な生き方を綿々と繰り返した結果、百年が経過したというだけのことではないか。

腕のいい職人がいて、和菓子の製造に直哉の出る幕はない。かといって、営業に出れば、

「いっぺんお父ちゃんに来てもろて…」

と言われ、電話を受ければ、

「ご当主の省三さんに代わってんか」

と言われるのが常だった。

「な？　店で菓子包んでるだけやったら、若い売り子と変わらへん。おれはもう四十五やで、四十五。アホらしゅうてやってられるかい！」

居酒屋で漏らした直哉の愚痴を、省三の囲碁仲間が聞いていた。

「さよか…直哉のやつ、そんなこと言いよったか」

省三は腕を組んで目を閉じた。

そういえば、自分にも同じような時期があった。父親に頭の上がらない省三を、使用人どころか妻までが軽んじた。憂さ晴らしに飲み屋通いが続くと、今度は子どもたちが軽べつしたような視線を省三に向けた。

「ええい！　こんな店、おれの代につぶしたるわい」

そう思った矢先に父親が倒れた。

「省三、省三、暖簾を頼むぞ…」

父親の最後の言葉で省三は覚悟を決めた。

（わしもそろそろ上手に息子と代替わりをする年になったとゆうこっちゃ…）

その晩、省三は妻のキクに決意を打ち明けた。

「え？　何でまた突然あんたが」

「何にも言うな。ほんまは昔から和菓子よりこっちの方がわしの夢やったんや。お前、一緒に手伝うてくれるやろ？」

あくる年に老夫婦で開店した「たこ三《ぞう》」という小さなたこ焼き屋は、おいしいと評判で、今ではちょっとした行列ができている。

## ●故　郷

施設に行く前に、もう一目故郷が見たいと、左手でたどたどしく筆談する庄三郎の顔を、

「何言ってるんだ、父さん、村は二十年も昔にダムに沈んだんだぞ」

久実男は驚いてのぞき込んだが、ベッドの上ですがるように息子を見る年老いた父親のまなざしに出会うと、たちまちうろたえて、

「分かった、分かったよ、でも湖しか見えないから覚悟しててよ」

病棟の婦長に日曜日の外出の許可を申し出た。考えてみると、村はダムの底でも、故郷の山は湖水に青々とその姿を映している。不自由な体で施設に入る決意をした庄三郎は、おそらくこれが故郷の空を仰ぐ最後になると思い定めて、わがままを言っているに違いない。

「この炎天下にダムが見たいだなんて、人間も年を取ると鮭のように生まれ育った場所へ戻りたくなるのかなあ…」

「そう言えば、お義母さんも亡くなる前はしきりに村の話をしてらしたわよね」

息子夫婦の会話を後部座席で聞きながら、庄三郎は妻の文代との日々を思い出していた。

祭りの夜、神社の境内でひそかな恋を打ち明けた時から二人の生活は始まった。久実男を育て、美保子を嫁がせ、田畑を耕し、両親を送った村に、ある日、ダム建設の計画が持ち上がっ

た。

電力会社との交渉の煩わしさよりも、隣人同士の疑心暗鬼の毎日に疲れ果て、住人たちは逃れるように新天地へと散っていったが、二十年の歳月を経た今、それぞれの空の下で、故郷を失ったことの大きさを思い知っていた。肉体ではなく、心の帰る場所がなかった。

（あのころ考えていたよりも随分と大切なものまで一緒にダムに沈めてしまったらしい）

庄三郎がため息をついた時、

「あなた！　見て！　あなた！」

助手席の真由美が大声を上げた。

ダム湖は近年になく水位を下げ、湖底の村が、特殊な映像のように当時の姿をさらしている。神社も田んぼも道路も石垣も、学校も民家も電柱も火の見やぐらも、まるで昨日まで人が住んでいたかのような生々しさで湖底に揺れている。

久実男は慌てて車を道路脇に寄せた。

「父さん…」

振り返ると、後部座席の庄三郎は、窓から身を乗り出して子どものように泣いていた。

## ●財　産

救急車で運ばれた総合病院では治療目的を達し、三カ月ほどで退院の指示が出たが、身寄りのないふみには帰る場所がなかった。

「せめて自分でトイレに行けたらのお…」

という言葉は、ふみののど元で意味不明の単音になった。

悔しそうに顔をゆがめるふみを気遣って、

「心配せんでええよ、叔母さん。私の家の近くの老人施設を申し込んだから、これまで以上に顔見せられっからね」

智子は明るく笑ってみせた。

子どものない叔母は、昔から姪《めい》の智子をわが子のようにかわいがってくれた。その恩返しのつもりももちろんあったが、兄嫁に遠慮して満足に看病もできないまま一昨年見送った実家の母に対する心残りが、叔母への思いに重なっていた。

ポータブル便器に座らせようと体を抱きかかえるたびに、ふみは赤ん坊のように智子にしがみついたが、そんな時智子は、自分の方が乳飲み子に返って母親にしがみついているような錯覚に陥った。

やがて施設の順番がくるというころ、珍しく兄の勇夫が病室を訪ねて来て、

「智子、一番大変な時期をご苦労やったなあ。これからは叔母さんの面倒はおれたち夫婦が見るで、お前は少し休んだらええ」

と言った。

「施設に入るまでという約束で、近くのリハビリ病院に手を打ったんや。回復の見込みのない患者は引き受けられんゆうのを、無理を言って、院長に直接頼みこんだ。おれにとっても大切な叔母さんや。ちったぁ世話をさせてもらわんとな」

勇夫は強引だった。そして、

「病院の支払いのこともあるで、叔母さんの通帳と印鑑はおれが預かるぞ」

上目遣いに妹を見た勇夫の卑しい表情で、智子には兄の目的がようやく理解できた。

叔母には四千万円近い預金がある。夫の生命保険と自分の年金をせっせと蓄えた、それがふみの全財産だった。

反対に勇夫には多額の借金のうわさがある。

「兄さん、まさか…」

と、さすがにそれ以上は口に出せない智子の手を、自由の利くふみの左手が助けを求めるように握りしめた。

# ●饅頭の代金

　グレーのスーツを身に着けた紳士は、大学助教授の名刺を差し出すと、

「…八万円といえば一人暮らしの父親にとっては大金です。いきなり警察、というのも穏やかではないと思ってご相談に参りましたが、きちんとしていただけないのならやむを得ません。被害届を提出いたします」

　厳しい表情で澄夫を見た。

「いえ、あの…、うちのヘルパーに限ってそのようなことは…。ひょっとするとお父さまの勘違いということはないでしょうか?」

「古い人間ですから、家事こそ苦手でヘルパーをお願いしていますが、おやじも元教師です、呆《ぼ》けてはいませんよ。朝は間違いなくたんすの引き出しにあった財布が、昼にはなくなっていた。その間に家に入ったのはヘルパーだけなのです。最近は福祉をくいものにする事件が後を絶ちませんからね。信用できません」

「わ、分かりました。とにかく、一両日時間をください。当事者から事情を聴き、所長の私が責任持って納得のいくようにいたします。被害届はどうかそれからということに…」

　澄夫は額の汗をぬぐった。

(これからは何かにつけて、弱い年寄りが狙われる。おやじもこんな田舎にしがみついていないで、おれの所へ来ればいいんだ)

ヘルパーステーションを後にした茂之は、途中で誠一郎の好きな甘い物を買った。昔から誠一郎には、翌日のために好物を半分だけ残す癖がある。

「一度に食べないと気が済まない私と違って、ああいう人はきっと長生きするわ」

と言っていた母親の里見は昨年の冬にがんで逝き、それ以来、茂之の同居の誘いを断って、誠一郎は一人で生活を続けている。

「おやじ、饅頭を買ってきたよ」

茂之が声をかけると、

「つぶあんだろうな？　饅頭はつぶあんに限るからなあ」

着物姿の誠一郎は、うれしそうに一人息子を出迎えて、

「いくらだった？」

懐から見慣れた財布を取り出した。

「お、おやじ、財布…見つかったのか！」

驚く茂之を意に介さず、

「これで足りるだろう？」

誠一郎は、わずか五つの饅頭の代金に、一万円札を二枚、真顔で差し出した。

## ●示　談

班長から区長、やがて福祉関係の職員や警察署員までが訪ねて来て、松三を病院か施設に入れるよう申し入れたが、

「そう言われても…」

先立つものがないのだという言葉を、亮一はうやむやにごまかした。

まさか共働きをしている亮一夫婦に金がないとは誰も思わない。しかし実情は、息子が借りてふくれあがった消費者金融の返済に追われて、吉沢家の家計は火の車だった。

「それじゃあご夫婦のどちらかが仕事を辞めて、お父さんを監視していてください。この調子で徘徊《はいかい》されたんじゃ、近所が迷惑します」

「はあ、でも本人の気持ちもありますので、一度家族でよく考えてお返事を…な？」

急に夫に同意を求められた恭子も、

「あ、はい」

慌ててうなずきはしたものの、施設にしろ病院にしろ、決して安くない負担金を支払うめどは二人にはない。

「くそ！　おやじのやつ、どうしてあんなになっちまったんだ」

二人の苦悩をよそに、松三は面白くもない教育テレビを見て笑っている。

その松三が、二車線の国道を徘徊中に長距離トラックにはねられて即死したのは、それから半月ほどたった夏の盛りのことだった。

「これで」

示談にしてほしい…と運送会社の責任者が通夜の祭壇の前に積んだのは、何と三千万円の現金だった。

「三千万！」

仕事の性質上、割高になってしまう任意保険の掛け金の代わりに、会社が独自で積み立てているという、常識をはるかに超えた補償金の額は、二人に迷う余地を与えなかった。

「ありがとうございます」

被害者が加害者に頭を下げたことの不自然さに、亮一夫婦は今も気がついてはいない。

こうしてサラ金の返済はもとより、残っていた家のローンまで一気に返し終えた吉沢家には、久しぶりに平和な笑いが戻って来た。

しかし、三回忌を済ませた今ごろになって、二人はふと、ひょっとしたらその時突然、正気に返った松三が、自分からトラックの前に身を投げ出したのではないかと思うのである。

## ●長距離電話

深夜の呼び出し音に英幸が驚いて受話器を取ると、声の主は同級生の一平だった。

「何だお前か、夜中の十二時過ぎだぞ。おふくろに何かあったのかと心配するだろうが」

「済まん済まん、実はそのおふくろさんの体調のことなんだがな…」

一平は、いかにも医師らしい口調で言った。

「今夜、久しぶりに日記を読み直していて思ったんだが、次々に変わるおふくろさんの症状が、だいたい二カ月おきだってことに、お前、気がついていたか？」

大の医者嫌いで、少々の熱なら、こめかみに梅干しを貼って治してしまうような気丈なヒサが、英幸に長距離電話をかけて来るようになって、かれこれ一年が経つ。

「英幸か？　母ちゃん、このごろ、肺の調子が悪くてな。なあに原因は分かってるんだ。一人暮らしだのに欲かいて、母ちゃん、安いミカンを一箱買ってしまったんだ。そう言えばミカンがあったと思い出して箱さ開けたら、青カビがびっしり生えていた。箱をのぞいてたまげた時は、お前、息を吸うか？　吐くか？」

青カビなぞを胸深く吸い込んだら肺がんになりはしないか、親友の医者に尋ねてみてくれというのが最初の訴えだった。

「おふくろ、あの青カビの件な…」

英幸が一平の話を伝えようすると、

「あ、あれはもう治った」

ヒサはけろりとしている。

朝起きて指の関節がこわばるのはリウマチではないか、このごろよく口が乾くのは糖尿病ではないか、寝ていて脈が飛ぶのは恐ろしい心臓病ではないか、頭の後ろが熱いのは脳梗塞の前ぶれではないか。ヒサの症状は一人息子に訴えるたびに改善されながら、次々と変化して現在に至っている。


「おふくろさん、故郷で一人頑張ってお墓の守りしてるけど、寂しいんじゃないかなあ。症状が出れば晴れ晴れと東京に電話する口実ができる。お前の声を聞くと安心して治っちまうけど、また寂しくなると別の症状が出る。その間隔が二カ月なんだと思うんだよ」

なるほどそうかもしれないと英幸は思った。


「英幸か？　母ちゃん、目がかゆくてな」

何日か後にかかって来た、ヒサからの電話にひとしきり耳を傾けた英幸は、

「あ、今年の夏はまとまった休みさ取って、久しぶりに皆で山形さ帰るからな」

故郷の言葉で付け加えた。

## 別離

いつもなら、とうに電気が消えているはずのマツの部屋は、久しぶりの長男の来訪に、今夜はあかあかと明かりがついている。

「そりゃあ、一緒に暮らそうと言ってくれるお前の気持ちはありがてえけども…」

時折聞こえてくる主人の声にピクリと耳を動かしはするものの、犬小屋の中のムサシのまぶたは開かない。十五年前、近くの草むらでずぶ濡れになって鳴いていた愛くるしい雑種犬も、今ではすっかり年老いて、昼前からぼろ切れのように寝てばかりいた。

「ひざの痛いおふくろを一人にはしておけないよ。第一ここには満足な医者だっていない」

「このひざは年寄り病だ、医者じゃ治らねえ。それよりもムサシのこっだよ。東京のマンションじゃ、ムサシは飼えねえべ？」

「部屋はビルの十階にあるんだよ？　犬は無理に決まってる」

「無理ったってお前」

「うちのヤツもようやく同居を承諾したんだ。頼むからたかが犬のために今さらやめるだなんて言わないでくれよ」

「だどもムサシは…」

おらの大切な家族なんだと言おうとしたマツだったが、

「老いては子に従うもんだ。それ以上足が悪くなって、動けなくなってからじゃ同居の話は切り出せないぞ」

という和夫の言葉には逆らえなかった。

「…」

マツの沈黙で結論が出た。

部屋の明かりが消えた。

こうして母と子で枕を並べて寝るのは何年ぶりだろう。

カエルが鳴いている。

(東京か…)

ふいにマツの目に涙があふれ出た。

翌朝も快晴だった。

和夫がムサシを車に乗せようとすると、老犬は珍しく足を踏ん張ってほえた。やむを得ずマツが後部座席に座って名前を呼ぶと、ムサシはうれしそうにしっぽを振って、自分から車に乗り込んだ。何も知らずに無邪気にはしゃいでいるのだろうか、それとも何もかも分かった上で最後の別れをしているのだろうか。首に手を回すマツのほおをムサシは何度もなめた。

やがて車は保健所の玄関へ滑り込んだ。

## 浅慮

昼下がりにこっそり電話をかけて来た富江は、声をひそめてこう言った。

「美幸？　わしを風呂に入れてくれへんか。和子さんはシャワーしか使わせてくれんのや」

「え？　大の風呂好きのお母ちゃんが、湯船につかってないのんか！」

兄嫁もひどいことをする。最近富江が少し呆けたとは聞いていたが、だからこそ思いどおりにさせてやるべきではないか。

「ほな、うまいこと口実作って裏口へ出ておいで。十分もあれば迎えに行けるさかい」

美幸は和子に腹を立てながらも、こういう形で親孝行できる自分に満足していた。遠方に嫁いでいたらこうはいかない。


「おばあちゃん、このおはぎ、どないしたんですか！　甘いもんはあかんてお医者さんにとめられてるでしょう？」

その晩、富江の服のポケットの中に、つぶれたおはぎを発見した和子が問い詰めると、

「知らん知らん。きっと美幸が入れてくれたんや。あの子は優しいさかい、風呂も沸かしてく

れるし、おはぎかて食べさせてくれる」

富江は、自分がくすねた事実を隠すために、もっと重大な秘密を簡単にばらした。

「お、お風呂も入りはったんですか！　血圧が高いからシャワーで我慢してるんやないですか」

和子はやりきれなかった。一緒に暮らす者の厳しい愛情を、傍観者の安易な愛情が無遠慮にかき乱す。

「あんたから美幸さんにきちんと言うてほしいわ」

という和子の抗議を、

「たびたびとちゃうがな。あいつかて悪気はないんや。放っといたらええ」

ナイターに夢中の夫はとりあわなかった。

やがて、近所の主婦から、

「実の娘はんが近くにいてほんまに幸せや」

といううわさを聞き、それが、

「なんや嫁がえらいきついさかい、見るに見かねて娘が陰で世話してるんやそうやで」

という非難に変わったことを知るに及んで和子の心の糸が切れた。

「なあ美幸、助けてくれ！　今日も和子さんがご飯をくれへんのや」

富江の痴ほうが急速に進んだのはそのころからである。

## うそ

「マスさあ、田舎の家は広いんじゃあ。掃除は息子夫婦が来てからにしたらどうじゃい！」

郵便配達の繁三に声をかけられて、

「なあに、ここはわしの家じゃあ、まだまだ息子の世話にはならんぞお！」

益代はぞうきんがけの手を休めて大声を返したが、本音を言えば、はるばる帰省する息子夫婦に暮れの大掃除を手伝わせたりして、都会育ちの嫁に嫌われたくなかった。

「さて、もう一息じゃ」

ぞうきんバケツを持とうとした時、

「あてて…」

腰に激痛が走って益代はその場にしゃがみ込んだ。

この年になるまで益代は、腰をひねるのがこんなに大変なことだとは知らなかった。少しでも姿勢を変えようとすると、泣きたくなるような痛みに襲われた。長い時間をかけて電話までにじり寄り、益代は友人の静子にわがままを言った。

「困った時はお互いさまだからな」

静子は嫌な顔一つしないで、益代の頼んだ暮れの買い物を済ませてくれた。

「生ものは全部冷蔵庫に入れたけんど、その体では台所には立てねえな」

「なあに、一日寝たら治るさあ」

「明日は東京から信ちゃんさ来るべ？　調理はべっぴんの嫁さんに頼んだらええ」

そうはいかないのだと益代は思った。台所に立てないということは、生活のすべてに手がかかるということだ。益代の漬けた漬物を決して食べようとしない東京言葉の嫁に身の回りの世話を頼んで、不愉快な思いをさせたりすれば、嫁と姑の間に立って苦労するのは信助なのだ。

腰は明日までには治らないと思い直した益代は、もう一度電話に手を伸ばした。

「信助か？　母ちゃんな、農協の年末福引が当たってな、大みそかから二泊三日の温泉旅行に行くんだあ」

「そうか、母ちゃんいなくては帰る意味ねえもんな」

温泉を楽しんでこいという一人息子の優しい言葉だけで益代は幸せだった。そして、あのたくさんの食材を一人でどう処分したものかと考えていた。

## 母の日

世間では、母の日だ、カーネーションだとやかましいが、山あいの老朽家屋に寂しく老いの身をかこつふじゑには関係がなかった。

みかん箱を立てた程度のささやかな仏壇の位はいの前で、いつものように勢いよくリンを二つ鳴らしたふじゑは、

「なら、とうちゃん、行って来っから」

麦わら帽子をかぶって立ち上がった。

山すその畑に向かうふじゑのあとを、カムがちぎれるほどしっぽを振ってついて行く。

「ふじゑさぁ、天気がええのお！」

すれちがう村人たちから声をかけられるたびに、深々と頭を下げるふじゑのひざ元で、カムはうれしそうに息を荒げた。

カムはその昔、夏休みを田舎で過ごした孫の祐二が拾って来た雑種犬だった。

「マンションでは動物は飼えないよ。代わりにおばあちゃんにかわいがってもらおうね」

迎えに来た息子夫婦の車から身を乗り出して、泣きながら手を振った祐二の姿が、ふじゑのまぶたに焼き付いている。あれから十二年の歳月が流れ、カムは年を取り、息子は大手商社の中間管理職になった。この春、大学の入学記念に送られて来た祐二の写真は大人の顔をして気取っていたが、目を閉じるとあどけない小学生の顔になった。

(未練じゃ、未練じゃ。私は畑を守ってここで生きる。元気で長生きをして風邪をこじらせてポックリ死ねれば本望じゃ！)

日が高くなるまで畑を耕して帰り支度を始めたふじゑの目に、山すそを彩る青々としたふきの葉が止まった。

(東京では、食べられまい…)

しょう油で辛く煮て送ってやろうと思い立ち、ふじゑはふきを摘んだ。

摘み始めると欲が出て時間を忘れた。

籠いっぱいの春の香りを背負って歩くふじゑを先導していたカムが、けたたましくほえた。

家の前に見慣れないワゴンが停まっている。

「?」

ふじゑは自分の目を疑った。

縁側に座っていた三つの人影が、カムの声を聞いて一斉に立ち上がった。

「おふくろ！　母の日だから思い切って会いに来たよ」

雲一つない青空をトンビがゆうゆうと舞っている。

## ●遺伝子

昼時の北前寿司《ずし》は相変わらず混雑していた。

「郁ちゃん、母子《おやこ》水入らずでええなや。おれなんてこったら商売スてるだろ？　孝行スたい時に親はなスだよ」

自分の後悔を重ねるのだろう。郁夫と同級生の店主は、二人がカウンターに並ぶと、いつものように、注文していない刺し身を一品、そっと差し出してくれた。

道子は郁夫が二歳の時に夫と別れ、女手一つで郁夫を育て上げて、今は故郷の城下町で独り暮らしをしている。

「どこに連れてゆくわけでないんだけどさ…」

時折こうして母親と昼めしを食べるのが、せめてもの親孝行だと郁夫は思っていた。

一緒に暮らそうという郁夫の再三の誘いを、

「都会じゃあ暮らせねえよ」

道子は拒否し続けて七十二歳になった。

「ま、おふくろの性格じゃ、同居したらいろいろと難しいこともあるんだろうしな…」

郁夫は思い直して五十歳になった。

独りを好む道子と社交的な郁夫、無口な道子と冗舌な郁夫、年齢より若く見える道子と老けて見える郁夫、顔立ちや体形を含めて、母と子はどこも似ていない。親子といえども全く別の人間なのだ…。黙々と寿司を食べる母親の横顔を眺めながら、郁夫がしみじみと思った時、レジに並んだ客の一人が驚いたように声をかけた。

「道ちゃん良《え》ガッた。あんたたちゃ憎んで別れたんでないから、お互いに一人になった今となっては、こうなるのが、一番ええと私も思ってたんだ。年取って独りは寂しいでな」

「？？？」

意味の分からない郁夫の隣で、弾かれたように道子は笑った。

「最近怖いほどあの人に似てきたけんど、これは私の息子なんだよ」

「あんれ、こりゃ大した間違いしてスまって」

初老の女性客はそそくさと店を出て行った。

何事もなかったように寿司を口に運ぶ母親の顔を郁夫はあらためて見た。

## 輪　廻

すべては突然の父親の出現から始まった。

「夫婦は別れりゃあ他人だが、親子の縁は切れるもんじゃない。な？　今回限り、二度とお前に迷惑はかけないから…」

十万円都合をつけろ、と言われて道夫は断れなかった。小学四年生まではいえ、かわいがられた記憶がある…が、それから先の母と子の苦労を思えば、目の前の酒臭い男は許せるものではない。ただ道夫は小さな信用金庫の店内で、主任としての自分の立場を守りたかった。今回限りが重なって道夫は職場の金を流用し、それが内部監査で露見した。

「あんたのせいでクビになったんだぞ！」

「へ！　おれだって飲んだくれのおやじでさんざん苦労したんだ。順繰りってもんさ」

ハエを追うようなしぐさであしらわれた道夫は、逆上して父親を刺した。

後は転げ落ちるような人生だった。

三年後に母親の死亡を獄中で聞いた。それを機に、道夫から言い出して離婚した。何もかも捨ててしまえば、画用紙を新しくするように、一からやり直せるような気がしていた。出所後は職を転々としたが、過去はどこまでもつきまとって道夫を故郷から遠ざけた。気がつくと、ふきだまりのような都会の老朽長屋で、その日暮らしに落ち着いていた。

「五十五を過ぎると、仕事はなかなかねえ…」

安定所の係員にそう言われて、道夫は今日も一合のカップ酒を買うカネがなかった。

（くそ！　何もかも、あの男のせいだ）

道端に公衆電話があった。ジャンパーのポケットを探ると十円玉が六つあった。故郷の息子が勤めている日曜大工の店の電話番号は調べてあった。結局、最後に頼るのは血縁だった。硬貨を入れようとして手が震えた。

「おじちゃん、これ、落ちたよ」

誇らしげに十円玉を差し出す子どもの瞳が、道夫の良心を明々と照らし出した。

（おれはあの男と同じ事をしようとしている）

その場にひざをついた道夫の年齢はくしくも、父親の死んだ年齢と同じ、六十六歳だった。

## ●償い

福祉事務所から二度目の電話を受けた裕一は、

「遺産？」

自分の耳を疑った。父親の清二が生活保護を受給するに当たり、たった一人の身寄りとして、生活費の援助ができないかという調査があったのは十年以上も昔のことである。

「私が二歳の時、妻子を捨てた男ですよ。戸籍上は親子でも私にとっては他人より遠い人です。二度と連絡をしないでください」

裕一はあの時、語気を荒くして援助を断った。その清二が七十四歳の生涯を閉じた。

「持病の心臓発作で誰にもみとられずに亡くなりました。ご遺体を…」

どうされますかと尋ねられて、

「お任せします。無縁仏で構いません」

一度目の電話には即座にそう答えたが、

「実は息子さんあての手紙と一緒に通帳が見つかりました。葬儀の費用を差し引いても三百万円を超える金額で、息子さん名義です」

引き取っていただかないと困りますという二度目の電話には心が動いた。通帳ではなかった。顔さえ覚えていない父親が自分あてに残したという手紙に心引かれたのだった。

『…母さんと裕一には本当に済まないと思っていますが、立派な実家の後ろ盾で何不自由なく生活できる母さんとは違って、父さんがいなければ生きてゆけない哀《かな》しい女性と巡り合ってしまったのが運命でした。少し精神を病んでいたその人は、父さんを心から愛したり憎んだりしながら入退院を繰り返して病院で死にました。自殺でした』

人生には抗《あらが》い難い力で襲いかかる運命があります。それに目をつぶれば自分らしくは生きられません…という手紙の一節が、最近転職を考えている裕一の胸に染みた。

「お父さまは最低以下の生活をご自分に強いて蓄えられたのですね」

立ち会った職員の言葉には答えないで、

「お金は全額社会福祉に寄付します」

裕一は大切そうに手紙をポケットに入れた。

## 吹　雪

昼すぎから降り始めた雪は、夜になってもやむ気配はなく、スナック『かかし』の止まり木には、わずか三人の長靴姿の常連客が、お湯割りのウイスキーで冷えた身体を温めていた。

客の中でも一番赤い顔をした男が空のコップを目の高さで揺らし、

「おい、ママ、もう一杯作ってけろや」

と言おうとして口をつぐんだ。

さっきからカウンターの内側にしゃがみ込んで電話をかけていた鈴子が突然勢いよく立ち上がり、大声でこう言ったのである。

「今夜は店ずめえだ。勘定はいらねから」

「そりゃァねえべよ、ママ」

いぶかる客たちを追い立てて外へ出た鈴子は、吹雪の中を駅前のホテルに向かった。

孫娘の美起は、今、鶴岡駅に着いたという。

「何《なぬ》があったんだ？　おめえが山形さ来るこど、由美子は知ってんのけ？」

「お母ちゃんは新しい男の人に夢中で、私の話しなんか聞いてはくれないんだよ」

「文雄さんが浮気でもしたのか？　え？　こッたら時、ちゃんと籍入れてないと女の立場は弱いんだよ。もしもし、美起？　もしもし？」

携帯電話はそこで切れた。

何ということだろう…。二十三歳で夫と別れた鈴子が、女手一つで育て上げた娘の由美子は、二十二歳で農家の長男に嫁いだが、五年足らずで離婚して東京へ出た。鈴子の手元には三歳の美起が残された。美起は、高校を卒業すると、母親を追いかけるように上京し、ようやく東京の言葉が操れるようになったころ、美容師の文雄と同棲《どうせい》した。

「モデルみてえに足の長い人なんだよ」

美起が故郷の言葉で報告したのは、つい今年の春のことではなかったか。

鈴子は、雪を払うのももどかしく、ホテルのエレベーターに乗った。美起は、客もまばらな展望レストランの片隅でコーヒーを飲んでいた。その姿を見たとたん、

「よぐ帰って来たな…」

鈴子は気持ちと裏腹なことを言った。

「あったらめんこい犬っこ、保健所さやってすまう男とは一緒に暮らせねべ」

「んだな」

しばらくはこっちさ居だらええ…と言いながら、

(こったらこどの繰り返しを、味わい味わいして年を取るのが人生ってもんだべ…)

鈴子は窓の外の吹雪を見た。

## ●千羽鶴

来週はいよいよ手術だというのに、代わり映えのしない日常が淡々と繰り返されていることに、文子は少しいら立ちを覚えていた。直腸の小さな腫瘍《しゆよう》の摘出とはいえ、全身麻酔下で尾骨

を外し、そこから患部を切り取る手術に危険が伴わないはずがない。

ひょっとしたら生きて手術室から戻れないかもしれないという不安を隠して、

「おはよう、今日もいいお天気ね」

文子が声をかけると、

「いけねえ、遅刻だよ、何で高校にまで朝練があるんだよ…まったく」

孫の俊弘は、食パンをくわえたまま玄関を飛び出してゆき、

「ねえおばあちゃん、テレビの上にあった私の財布知らない？　確かにあそこに置いたのよ」

由香梨は相変わらずばたばたと探し物をし、

「今日は遅くなるから夕飯はいいぞ」

息子の孝義は無愛想に靴を履き、

「あなた、悪いけどお願いね」

嫁の逸子は孝義にごみ袋を二つ押し付ける。

それだけならまだいい。問題は夕食の後だった。

「おれ、宿題あっから」

「私、先に寝るね。おやすみなさい」

一家団欒《だんらん》もあらばこそ、子どもたちは早々と自分たちの部屋に引きこもり、夜遅くに帰った孝義までが、ろくに母親と口も利かないで逃げるように寝室に引き上げるに及んで、文子はた

まらなくなった。

(あんた…)

文子は仏壇の前に座って、夫の位はいに語りかけた。どうやら家族は、自分が思うほど文子のことを心配してくれてはいないらしい。自分が死んでも、慌ただしく葬儀が済めば、悲しみはすぐに日常に埋もれてゆく。死にゆく者に冷淡であることが生きる者のたくましさなのだ。

(そういう私だって、あんたが死んでも後追い自殺もしなければ狂い死にもしないでこうして生きてるんだもの、同じことよね)

一匹の蚊が文子の腕にとまったが、なぜか文子は血を吸わせたまま放置した。

入院の朝は久しぶりに雨が降った。

緊張した面持ちで食卓に着いた文子は、天井から下がった千羽鶴に目を見張った。

そして、小さな羽根の一枚一枚にはそれぞれの筆跡でこう書いてあったのである。

『早く元気になって下さい』

## 遺 影

披露宴会場の分厚い扉の前で、二人は張りつめた吐息を漏らした。扉の向こうには両家の招待客が新郎新婦の入場を待っている。しかし、ほとんどが職人ばかりの新郎側の招待客と、会社役員や大学教授が名を連ねる新婦側の招待客との間には、きっとぬぐい難い違和感があるに違いない。

「紗織、孝二くんはいい青年だが、苦労知らずのおまえに朝早い豆腐製造の水仕事が勤まると思うか！」

「そうよ、結婚生活は長いのよ。お父さまの会社からあなたにふさわしい男性《ひと》を探してもらうから、考え直しなさい」

両親の猛反対に遭っても、紗織は珍しく引き下がらなかった。

父親のコネで入社した商事会社の総務部の仕事はつまらなかった。給料計算や伝票処理に追われる毎日はたくさんだったし、成績や上司の評価ばかり気にして暮らす企業戦士たちには何の魅力も感じなかった。

通勤途中のバス停の近くに、小さな豆腐屋があった。気分が沈んでいても、冷たい水の中から真っ白な豆腐を取り出す青年の凛《りん》とした姿を見ると勇気が出た。いつしかあいさつを交わすようになり、

「あの国産の豆と昔ながらのニガリで作った豆腐です。ちょっと食べてみてください」

差し出された豆腐が紗織の運命を変えた。

青年の瞳は輝いていた。

「人生は結果ではなくて過程だぞ。山あり谷ありを楽しめばいいんだ。わしのように健康を

失ってみてようやく分かる。人が決めてくれた安全な道を歩いてみたってしょうがない。紗織の思うようにさせてやれ」

孫娘の理解者であり続けた祖父の義郎だけが、その時も紗織の味方だった。婿《むこ》養子として会社を継いだ義郎の、それは後悔のようでもあった。義郎の急死で二人の結婚は一年延びたが、義郎の一言がなければ周囲の反対に抗しきれたかどうかは分からない。

音楽と同時にドアが開いた。

スポットライトを浴びて進む紗織の足が祖母の君江のテーブルの前で止まった。君江のひざの上で義郎の遺影が笑っている。

(おじいちゃん…)

涙ぐむ紗織の手を、孝二のたくましい手がそっと握り返した。

## ●彼岸花

真一の入院のうわさを聞いて突然訪ねて来た圭吾の顔を見るや、真理子は不快感をあらわに、

「来てもらっては困ります」

病室の前に凛然と立ちはだかった。

わずかに開いたドアの隙間《すきま》から何とか部屋の中をうかがおうとしながら、

「陽一のことは誠に申し訳ないことをしたと思うとる。四十路を過ぎてからの一人っ子じゃゆうて甘やかしたわしが悪かったんじゃ。しかし夫婦が別れたからゆうて、真一がわしの孫であることには変わりはない。ひと目会うて早う元気になれと言うてやりたいんじゃ」

　圭吾はすがるように懇願したが、

「熱が下がらんのです。今夜が山やと言われてます。お願いです。お引き取り下さい」

　真理子の態度は毛ほども変わらなかった。

　酒と女におぼれたあげくに借金までつくって妻子を捨てた薄情な夫の父親に、今更おじいちゃん面をしてほしくない。

（熱が下がらんのじゃな！）

　家に帰った圭吾はスコップと懐中電灯を持ち出して真冬の土手に向かった。彼岸花の球根には解熱作用があると聞く。しかし七十歳の身で、吹きさらしの木枯らしの土手に花のない彼岸花の根を探すのは容易ではなかった。

（待ってろよ、真一！　死ぬなよ真一ー！）

　ようやく掘り当てた球根を擦《す》り下ろし、

「これを足の裏に張ってやってくれ」

　深夜、再び病室に現れた圭吾を、真理子は怖い顔をして追い返した。

圭吾には、もう祈ることしか残されていなかった。ふろで裸になると、圭吾は何度も何度も頭から冷水をかぶった。それにどれほどの意味があるかは知らないが、自分の肉体を痛めつけて祈れば、孫が助かるような気がしていた。二度と会えない孫だと思えば、自分の血を引く小さな命が無性にいとおしかった。

ドアの外にビニール袋に入った彼岸花の球根を発見した真理子は、それを点滴につながれた真一の足の裏にためらいながら塗った。今の真理子にもそうやって祈ることしか残ってはいなかった。憎い男との間の子どもだったが、真理子には真一が何よりも大切だった。

長い夜が明けた。

「先生…」

真理子が冷徹な主治医の顔を見ると、

「もう大丈夫です」

若い小児科医は力強くうなずいた。

## 蛍

小学生たちの全校を挙げての取り組みで、たくさんの蛍が戻って来た小川のほとりは、今年も大勢の見物客でにぎわっていた。

「わあ！　きれいだよママ。あ！　また飛んだ」

無邪気な歓声を上げる四歳の綾香の手は、昨年は両親のぬくもりとつながっていた。

（ごめんね、綾香。ママは自分勝手なパパが許せなかったけど、綾香にとっては大切なパパだったものね…）

目の前を、長く尾を引いて通り過ぎた小さな光が、なぜか急降下して、点滅しながら水面を流れ去った。

奈津子にもこうして母親に手を引かれて、蛍見物に出掛けた記憶がある。思い出は美化されるというが、それを割り引いても、当時の田舎の蛍は、手の届く闇の中を乱舞していた。たくさんの蛍を入れた金網製の籠を提げて家に帰ると、

「一日働いて来た夫の世話もしねえでどこさ行ってたんだ！」

祖母が怖い顔で怒鳴り、その傍らで父親はコップ酒を飲んでいた。

「ちょっと奈津子に蛍を…」

考えてみると、そのころから奈津子は、最後まではっきりとしゃべる母を見たことがない。

母は黙って二階の八畳の間に奈津子を連れて上がると、窓を全部開け放つよう命じ、蛍籠を部屋の中央に置いて電気を消した。

うつぶせになった母と子の目の前で、青白い光が出口を求めてうごめいている。

やがて母は何を思ったのか、籠のふたを開けてあおむけになった。

蛍はためらいながら、一匹、また一匹と、籠から出て飛び立った。

「奈津子、蛍はな…こうやって見るのが一番きれいなんや」

奈津子も慌ててあおむけになった。

二人の頭上を、蛍は光りながら次々と夜空へ消えて行った。

(母はあの時、寝たきりの舅《しゅうと》からも、口うるさい姑《しゅうとめ》からも、優しくない夫からも逃れて、自由になりたかったのかもしれない)

突然そう思い当たった奈津子は、

「ねえ、ママ。もう行こうよ」

綾香に手を引っ張られて我に返った。

夫から逃れてみても奈津子はやはり人生という虫かごの中にいる。

また一つ、蛍が水に落ちて流れ去った。

## 釣り

同じ親から生まれても、二人の孫の性格はまるで違っているらしく、一度場所を決めたら最後、川面に糸を垂らしたままじっと動かない春男とは対照的に、秋男は盛んに岩場を移動して歩く。釣りざおを片手に、危なっかしい足取りで遠ざかる小さな釣り人の姿に、

「おおい、転ぶなよ！」

圭治は、かつての自分を見るような思いで声をかけた。幼い圭治に釣りの手ほどきをした父親の耕助は、釣れないとすぐに釣り場を変わるわが子のせっかちを、

「いいか圭治、魚も警戒しとる。ちったァ一つところで辛抱せんとえさには食いつかんぞ」

常にたしなめたが、

「魚がおらん場所で辛抱しても仕方がないやろ？　場所を変えるうちに、運よう腹の減った魚に当たると釣れるんや」

圭治は口答えして譲らなかった。

ところが釣りのスタイルとは裏腹に、一つ会社に勤め続けられない耕助は、上司とけんかしては職場を変わり、生活が安定したためしがなかった。やがて体調を崩した折も、開業医を転々として肺がんを見逃し、大きな病院で検査した時には既に手遅れだった。

「母さんやおまえたちには苦労をかけたが、おれは好きなように生きた。未練はあるが悔いはない…」

それが耕助の最後の言葉だった。

反対に、父親を失って高校を中退した圭治は、町の陶器工場に勤務して技術を磨き、定年まで勤め上げて今日を迎えた。人に勧められるまま一緒になった妻を四十代で亡くして以来、再婚もせずに一人で娘を嫁に出し、出産にも立ち会い、時にこうして夏休みに孫を預かって世話

をしている。

（しかし、おやじのように、死ぬ間際に悔いのない人生だったと言えるかどうか…）

結局、人間は性分につながれて生きている。思うようにならない現実や、独りで立ち向かうしかない厳しさを、一番最初に教えてくれたのが釣りだった。川のない東京で暮らす二人の孫に、圭治はそれを体験させてやりたかった。と、その時、

「おじいちゃぁん、釣れたよお！」

秋男が遠くで高々と釣りざおを持ち上げた。

「良かったなあ！」

圭治が手を振ると、競うように春男もまた、大きな獲物を釣り上げて歓声を上げた。

## 孫

スーツケースの傍らで畳に両手をついて、

「うち、今度こそ幸せになれそうな気ィするんや。な、黙って行かせて。落ち着いたら由美のこと必ず迎えに来るよってに」

必死に頭を下げる真知子を、

「あかん！」

孝三は怖い顔でにらみ付けた。

「お前、あん時もそう言ってええ加減な男と一緒になったんやで！　妻の名義で借金して、おまけに女までつくって、ちり紙みたいに家族を捨てよった。今度の男かてしょせんは屋台のラーメン屋や。博多なんて知らん土地で苦労するのは目に見えてる。第一、本気でお前のこと幸せにするつもりなら、ここへ来て一緒に頭を下げるはずやないか！」

「お父ちゃんは昔からそうやって怒鳴るばっかりやさかい会わせられへんのやないの。あの人には将来お店を持つというでっかい夢があるんや。ちゃんと貯金かてしてる。大阪のお客さんに本場の博多ラーメンを食べさせたいいうあの人の夢をうちも一緒にかなえたいんや。とにかく決めたことや。うちは行くで」

「目ェ覚ませ、このどアホ！」

立ち上がって殴りかかる孝三の腕に、

「あんた！　堪忍してやって」

峰子がしがみついた時、

「おしっこ」

パジャマ姿の由美がカラリとふすまを開けた。

「あのアホたれが…」

その晩、孝三は眠れなかった。

「ええか、お母ちゃんが迎えに来るまで、おじいちゃんとおばあちゃんの言うことよう聞いて、おりこうにしてんねやで」

目を閉じると、由美の肩を抱いて泣いた真知子の顔が浮かんでくる。

「あんな素直やった子が、短大出たとたんに何でこないなってしもたんやろ」

孝三が腹立たしそうにため息をつくと、

「あの子、幸せになるより先に、あんたの気に入らんことばっかりして、小さいころから何でも頭ごなしやったあんたという父親から独り立ちせんならんのやないやろか」

峰子がポツリと言った。そして、

「ほ、ほならおれが悪い言うんか?」

と気色ばむ孝三には取り合わず、

「さあ、寝よ寝よ。明日から二人して孫の守りやでェ」

ふっきれたような大声を出した。

# 第二章　夫婦

## ●決　意

新婚旅行先をヨーロッパにするかアメリカにするかでもめた圭司と亜紀子は、具体的な資金計画を立てた結果、香港程度が妥当だという結論に達して大笑いをした。

「圭司くん、覚えてる？　プロポーズの時、僕は君のために生きる決意をしたって言ったのよ。なのに旅行先一つ譲れないなんて」

「アッコだって、僕の幸せが自分の幸せだと言ったんだぞ、忘れたのか？」

「恋愛と違って、結婚は共同生活なのね」

「ああ、式場や招待客の数、引き出物の値段やお色直しの回数…。二人の現実処理能力がこれからどんどん試される」

「私ね…」

「ん？」

「今後、どんなもめごとがあっても圭司くんと結婚してあげるから安心なさい」

「ばか、オレがもらってやるんだろうが」

と、その時、携帯電話が鳴った。受話器を持つ圭司の顔色が見る見る変わってゆく。

亜紀子の両親は、大切な一人娘をにらみつけて、圭司との婚約の解消を迫った。

「確かに圭司さんはいい人よ。早くにお母さんを亡くしたのにあんなに素直に育ったのは、母親代わりのおばあさんがあったからだわ。でも、そのおばあさんが倒れたのよ」

「聞けば、伝い歩きはできるものの、少し呆《ぼ》けられたそうじゃないか。このままだとお前、おばあさんのお世話をするために嫁に行くようなことになるぞ」

どうするつもりなんだと詰め寄られても、亜紀子にだって簡単に答えは見つからない。

一方、祖母の退院を指示された圭司は、父親と額を寄せて途方に暮れていた。

伝い歩きができても火の元の心配な祖母を、昼間一人にはしておけない。しかしヘルパーでは終日の監視は困難だったし、残業の多い二人の生活をカバーするデイサービスもなかった。

「これで、もう少し障害が重ければ、施設に預けられるんだけどなあ…」

「何言ってるんだよ、父さん。家族の障害が重いことを願うなんて、間違ってるよ」

「せめて民間の宅老所が近くにあればなあ」

二人のため息を玄関のチャイムが消した。

圭司がドアを開けると、

「どんなもめごとがあっても結婚してあげるって言ったでしょ？」

そこには重大な決意を済ませた亜紀子が、さわやかな笑顔で立っていた。

## ●依願退職

老人病院に転院する前に、一度外泊させてみてはどうかと主治医に勧められ、久しぶりに老母をわが家に連れて帰った彰一夫婦は、澄江が見せた鮮やかな表情の変化に目を見張った。病院のベッドに横たわっている時の、あのろう細工のような顔がにわかに生気を帯び、澄江の瞳が力をこめて一点を見た。

「おふくろ、うれしいんか？」

「お義母《かあ》さん、シロが懐かしいんやで」

朝子が指さした先に古びた犬小屋がある。澄江が倒れて大変な時期に、主《あるじ》のシロは近所の犬好きの家にもらわれて行った。

「お義母さんには、ちぎれるほど尻尾を振るシロの姿が見えるんとちゃうやろうか？」

「そやな、おやじが死んでからはシロが生き甲斐やったからなあ…」

その晩、夫婦は頭を抱え込んだ。

口こそ利けないが、澄江には明らかに正常な感情が残っている。犬小屋だけでなく、庭のモチの木や玄関の表札を見た時も澄江は目を輝かせたし、仏間に飾られた夫の遺影を見つめる澄江のほおには、涙が光っていた。老人病院に転院させるのは忍びない。しかし、家に引き取るとなると、夫婦のどちらかが仕事を辞めなければならないが、上司とけんかをしては職場を転々とした彰一の給料と、長年役場に勤務している朝子の給料を比較すれば、彰一が辞める方が得策に違いなかった。

「男のおれが昼間から家で介護生活いうのもなあ。世間がどない思うか…」

とまゆを寄せる彰一に、

「世間なんかどないも思うかいな。あんたの収入だけでは生活が成り立たへんのやさかい仕方ないやないの。それにな…」

あんたの母親やで…と言われると、彰一には二の句がつけなかった。

その晩は結論が出ないまま、彰一は澄江の寝顔を見た。その顔が、運動会で息子を応援する若い母親の顔になり、結婚式で涙ぐむ優しい母親の顔になり、夫を亡くして泣き狂う孤独な母親の顔になって、やがてあどけない老婆の寝顔になった。

翌朝、行く先を告げずに出かけて行った彰一は、シロの鳴き声と一緒に帰って来た。

「あんた！」

と驚く朝子に、

「おふくろの世話のついでや。シロの世話かておれがするがな」

彰一がふっきれたような笑顔を見せた。

# 衝　動

信子が、ヘルパーとして裕蔵の家事援助に通うようになってから、二カ月になる。

介護されるお年寄りを名前で呼び、決して「おじいちゃん」などと呼ばないことが、ホームヘルプの基本であることは、分かりすぎるぐらい分かっていたが、裕蔵は、信子が中学の時に死んだ、祖父の甚一に面影が似ていた。

利発な姉に何かと比較され、しょんぼりと物陰で唇をかむ信子に、

「お前は優しくて損ばかりしているが、いつかきっとその優しさで認められる時が来るよ」

甚一は必ずそう言って、信子の頭を撫《な》でた。

信子がヘルパーの職に就いたのも、甚一のその言葉が影響しているのに違いなかった。

「もうすぐ、おじいちゃんの大好きなブリの煮付けができるからね」

信子が台所から裕蔵に声をかけた。

その後ろ姿に裕蔵は、十五年以上も昔に、がんで先立った妻のやすゑの姿を重ねていた。

中国で負傷し、応急処置をしただけで送還された福永裕蔵という名の二等兵の焼けただれた背中を、内地の病院で看護したのがやすゑだった。

空襲で互いに身寄りを失った二人は、裕蔵の傷が癒えるころには、穏やかだが激しい恋に落ちていた。

何もないバラックからスタートした二人の結婚生活は、子どもには恵まれなかったものの、少しずつ家具をそろえ、やがて家を建て、春と秋には夫婦で旅行を欠かさない、ささやかな幸せに満ちていた。

乳がんの発見が遅れ、全身をがんに侵されたやすゑの闘病生活に、今度は裕蔵が付き添った。

「これでおあいこですね…」

苦痛の中で笑ったやすゑは、三カ月後に眠るように逝った。


台所に立つエプロン姿の信子に、裕蔵は忍び寄った。

股《こ》関節に人工骨の入った裕蔵の足取りはゆっくりだったが、気持ちは老人ではなく、信子と同じ年代の一人の男に戻っていた。

「さあ、できましたよ」

と声をかけようとした信子は、突然、強い力で背後から抱き締められた。

「何をするんですか！」

信子の叫び声にわれに返った裕蔵は、老人の目をしてうろたえた。準備の整った夕食が、台所の床に音を立てて散乱した。

## ●汚　染

夕食の後で急に改まり、ひょっとしたら、できたかもしれないと妻から打ち明けられて、

「あんなに気をつけてたはずじゃないか」

亮太が驚いて振り向くと、

「分かっているわよ、私だって子どもを産む気はないわ」

美咲は台所でことさら明るく笑ってみせた。

どう考えても、これからの時代は悪いことばかりが起こるような気がしてならない。

豊かさの中で、物を手に入れることでは満足ができなくなった人々は、刺激を求めて凶悪犯罪や薬物に走る。情報化が進む一方で、本当に必要な情報を選び出すのに疲れ果て、人はイライラと落ち着きを失う。機械化と分業化で人間関係はどんどん希薄になって、人々の孤独は深刻化する。まるで自由という価値の奴隷になったように、男と女も、親と子も、先生と生徒も、上司と部下も、「らしく」振る舞うことを拒否する見返りに、安定した対人関係を失う。

医学の進歩は寿命を延ばすと同時に高齢化を促進し、誰もがチューブにつながれた自分の晩年をおびえながら想像する。年金財政も医療財政も破たんし、環境汚染は進み、エネルギーと

食料をめぐって国際的な緊張が増す。安易な学歴社会に代わって、自由な労働市場には実力本位の能力評価体制が導入され、労働者たちは常に強迫的な焦燥感に支配される。

「そんな時代に子どもは送り出せないわ」

「そうだよ、政治が安心できる未来を見せてくれなきゃ、国民は子どもを産まないよ」

こんなやりとりの末、中絶するつもりで近くの産婦人科を受診した美咲だったが、待合室の一枚のポスターが美咲の決意を覆した。

「おめでとう！　とうとうできたのね？」

「ありがとう、主人や両親が喜んじゃって」

「この子ったらね、このごろ、私のおなかを痛いほどけるのよ」

「きっとサッカー選手になるつもりなのよ」

明るい会話を交わす妊婦たちの背後の壁に、そのポスターは貼ってあった。

〝赤ちゃんにとって最も恐ろしい環境は、中絶を決意する母体です〟

「！！！」

「一番汚染されていたのは、平気でわが子の命を奪おうとする私たち夫婦の心だったのよ」

その晩、妻が目を輝かせてする報告を亮太は戸惑いながら聞いた。

## 澱《おり》

痴ほうについては一応の知識を持っているつもりの辰子だったが、日を追って脳が壊れていく姑《しゅうとめ》の八重子の変化にはすさまじいものがあった。

うっかり目を離したすきに八重子が台所に立とうものなら、家族はその後、みそ汁の中に、丹念にちぎった座布団の綿を発見しなければならなかった。裏口のドアを二重ロックし忘れた夜は、豆腐を買いに行くのだという八重子を追って、家族は懸命に国道を走らなければならなかった。ある時は玄関の靴が床の間の上に整然と並べられていたし、ある時は脱いだ下着が冷凍庫で凍っていた。

それやこれやは、しかし、記憶をつなぐおびただしい神経の糸が脳の中で次々と寸断されていく以上、やむを得ぬことだと辰子は思っていた。ただ、どうしても理解できないのは八重子の夫である清蔵に対する態度だった。近所でも良妻で評判だった八重子が、清蔵の顔を見るなり口汚なくののしるのはなぜだろう。

「辰子さん、怖い人がいてるで！　警察に電話して早う追い出してんか！」

とおびえて大声を張り上げたかと思えば、

「嫌や嫌や！　この人はうちをいじめるんや」

子どものように泣き出すこともあった。

「な？　昔はあんなにお義父《とう》さんを大事にしてはったお義母さんやのに、今になって、なんであれほど嫌わはるんやろ…」

「…」

「痴ほうになると人格まで変わってしまうんやろか？　あんた、あんた？」

「よし！　満塁だ、ここでホームラン打てば一気に逆転やで。辰子、ビールもう一本や」

夫はテレビから目を離さない。

（何や、うちは家政婦やないで！　あんたが外で働けるのんは、痴ほうのお義母さんを見ながら私が家を守ってるからやないか！）

という言葉を飲み込んで新しいビールを運んだ時、辰子はハッとした。関係の悪化を恐れてとりつくろうたびに、夫に対する怒りや不満が澱《おり》のように心の底にたまってゆく。八重子の良妻ぶりも、表現しなかったたくさんの感情の上に成立していたのだとしたら…。

清蔵へのあからさまな敵意は、脳を病んだ八重子の心の澱の表現なのだと思い当たった辰子は、姑の姿に自分の姿を重ねて見た。心の暗やみに、愛と同じ量の憎悪が潜んでいる。

「少しは話を聴いてくれたらどないやのん」

辰子は意を決して、ほんの少しだけ心の澱を吐き出した。

## ●エピローグ

常駐で雇われたベテラン看護婦と高名な開業医を枕辺にはべらせて、雄一郎は目を閉じたまま動かなかった。背広を着て立てば、社員たちが見上げなければならなかった雄一郎の体格は、こうして寝間着姿で横たわると、ひときわ身の丈を増したように見えた。

(父がにらんだとおり確かに有能な人だったけど、この人は本当に私の夫だったのかしら)

貴和子は、まるで見知らぬ男を見るような思いで、やせた夫の横顔を眺めていた。

営業二課にいた雄一郎を娘婿《むこ》に迎えて安心したのか、会社の創設者である貴和子の父は、わずか数年後に六十代でこの世を去った。

四十歳にならない若さで商事会社のオーナー社長を継いだ雄一郎は、古い人事を刷新し、コンピューターソフトの開発部門にもいち早く進出して、会社を、全国に営業所を持つ規模にまで成長させた。しかし振り返ると、貴和子が一緒に生きた雄一郎は、食事をする時も、ふろから上がった時も、取締役社長の顔をしていたような気がするのである。

とその時、雄一郎の唇がかすかに動いた。

雄一郎は、半世紀ほども若返って、下町の路地裏にある六畳一間の老朽アパートにいた。

「今日は給料日だからぜいたくしちゃった」

カセットコンロの火力が弱いことを嘆きながら、恵美子はすき焼きの準備をした。

「田舎のおやじやおふくろに話せば、驚いて反対するだろうけど、きちんと結婚しようよ」

婚姻届を手に入れて来てせがむ雄一郎を、

「学生結婚は就職に不利よ。雄ちゃんはうんと勉強していい会社へ入って、偉くなるの」

笑い飛ばした恵美子は、籍をいれないまま貧乏学生の東京暮らしを支え続けた。

中堅の商事会社に就職して三年がたったころ、営業部長から再三にわたり社長の一人娘との見合いを勧められて断れなかった。

『雄ちゃんは偉くなる人です。さよなら』

それからしばらくして恵美子が短い置き手紙を残して突然姿を消した。影に営業部長の説得があったことを、雄一郎は結婚後随分たってから部長自身の口から聞いた。

「え…み…こ…」

貴和子にはそのとき、ふと雄一郎の顔から肩書が消えたような気がした。

「え？　今あなた何とおっしゃったの？」

貴和子は慌てて夫の唇に耳を近付けたが、雄一郎は二度と口を開くことなく七十五歳の生涯を閉じた。

## ●立派な妻

壁のカレンダーを見るたびに敬子は胸を張りたくなる。六十歳を越えて、これほど忙しく予定の詰まっている女性を身近には知らない。昨日は午後から南公民館で女性の生き方講座があった。今日は、午前が隣町の中央文化会館で女性の自立についてのシンポジウムがあり、午後は学習センターで夫婦の在り方をテーマに講演会が入っている。受講するのではない。どれもこれも講師として招かれているのだった。

（早くから物を書いていてよかった…）

俳句の才能をあきらめて創作童話のサークルに変わったのがちょうど五十歳だった。童話では認められなかったが、ふと応募したエッセーが、名の通った文芸誌の佳作に選ばれた。子育てを終えた後の夫婦の在り方をテーマにしたのが今日的だったのだろう。それ以来、地元の新聞に毎週短い文章を連載している。

『今夜は講演会の主催者と食事です。冷蔵庫に準備したのをチンして食べてください』

敬子は今日も置手紙を夫に残して家を出た。

「夫婦は、子育てが終わってからもう一度恋愛すべきです。子育てという共通の目標がなくなった時、お互いに見知らぬ男女のような距離を感じるのは哀《かな》しいことです。そうならないためにも、子どもが思春期を迎えたころから、努めて夫婦の会話を増やし、上手に子離れをしなければならないのです」

敬子が講演を締めくくると、会場は雨のような拍手に包まれた。

「いやあ先生、いいお話でした」

主催者も殊のほか満足してくれた。

「ただいま！　ごめんね、すっかり遅くなっちゃった。あなた、寝たの？」

居間の電気をつけると、テーブルの上にメモがあった。

『僕は立派な君を待って独りで過ごす生活には疲れました。しばらく旅に出ます。稔』

（あなた…）

敬子は夫のメモを持ったままぼう然とその場に立ち尽くした。

## ●お湯割り

『まごころ』とかかれた暖簾《のれん》をくぐると、

「あら、今日は早いわね」

小さなカウンターの向こうから白い割烹着《かっぽうぎ》姿の久恵がうれしそうにほほ笑んだ。

幹雄が熱いおしぼりを使っている間に、

「はい、お疲れさま。いつものね」

目の前に梅干しを入れた焼酎《しょうちゅう》のお湯割りが出て、

「どうでした？　例の件」

久恵は二日前の話の顚末《てんまつ》を心配そうに尋ねた。

「ああ、誤解が解けてみると、かえって先方にこちらの誠意が伝わったみたいで、商談はうまくまとまったよ。雨降って何とやらかな？」

幹雄は満足そうに焼酎を傾けた。

「よかったわね！　それじゃ乾杯しなきゃ」

久恵は自分のことのように喜んでくれる。

幹雄がここ数年足しげくまごころに通うのは、ひとえに久恵の笑顔が見たいからだった。

それにひきかえ妻の清子はどうだ。

「飲むんだったら家で飲みなさいよ」

と言うくせに、幹雄が飲んでいる間中、やれ飲みすぎだの肝臓を考えろだのと耳元で繰り返したあげく、夫の愚痴を聞いているのかと思うと、テレビの声に平気で大笑いする。

(昔はあんなじゃなかった…)

幹雄は三杯目を空けた。

(ま、お互いさまか。おれも妻の話を聞かない)

そして五杯目を重ねた。

酔った視界から久恵の姿が消えたのを機に、幹雄はふらりとトイレに立った。

そこに一組の男女の声が聞こえてきた。

「店には来ないでって言ったでしょ！」

「ちょっと金が足りなくなってな」

「負けるようなパチンコ、なんでやるのよ」

「一人で家にいろってのか！」

「あんたが昔のようにしっかりしてりゃ、私がおとなしく家にいるわよ」

別人のような久恵の声だった。

（昔のあんた…か）

幹雄は、そそくさと店を出た。

## 娑《しゃ》婆《ば》

退職金で家のローンを全額返済し終わると、昇一の心はうそのように軽くなった。もうあの駆け引きだらけの会社で神経をすり減らすことはない。思えば、肩書きにふさわしいスーツを着込み、高級車に乗り、部下の結婚式で心にもない祝辞を読んだ。飲みたくもない酒を飲み、言いたくもない世辞を言い、取り引き先を相手に小さなうそをたくさんついた。

(おれの人生もいいとこあと十年…。残された時間で娑婆の垢《あか》を洗い落とし、少しはましな人間として最後を迎えたいもんだ)

ふとそう思った昇一の目に、市民講座の案内が飛び込んだ。

『宗教と幸福』という四回連続の講座は、昇一に精神世界の大切さを教えてくれた。

「あらゆる煩悩は欲が原因です。生活をシンプルにして欲望を断ち、呼吸を整えて自分の心と向き合うのです。一日一時間、これを続けていると、やがて穏やかな境地が得られます。われわれは宇宙とつながっているのです」

高名な老僧の話は、体験に基づくものだけに説得力があった。

(よし！　世間のしがらみから距離を置いて、おれは本来の自分を取り戻すぞ)

昇一が二階の部屋でめい想を始めると、

「ねえ、あなた、ハサミ見なかった？」

妻が下から大声で聞いた。

「その辺にあるだろう！　ちゃんと探せよ」

そう答えて昇一が再び呼吸を整えると、

「ねえ、見付からないのよ。二階にない？」

今度は妻が現れて、

「ほら、ここにあるじゃない、しっかり見てよ、寝てないで」

怒ったように階段を下りて行った。

そして、

「ばか、これはめい想だ！」

という昇一に、そんなことより毎日の生活の方が大切だと言わんばかりに、けたたましい掃除機の音が返って来た時、昇一は、容易に娑婆からは逃れられない自分を意識した。

# 第三章　晩秋

## ●プライド

お手伝い兼マネジャーをしてくれている、いとこの和美からその話を聞いた時、悦子は自慢の美しいまゆを寄せ、

「私が白髪染めのコマーシャル？　なに考えてるのよ。私は霧島悦子よ。話を持ってくるメーカーもメーカーなら、黙って聞いてくるあんたもあんただわ！　断ってちょうだい」

険しい目でにらみつけた。

「しかし、最近では出演依頼も減ってるし、この金額は捨てがたいと思うけど…」

「ギャラの問題じゃないわ。白髪を染める私の顔が何度も茶の間に流れるのよ！　霧島悦子も年を取りました。かつての大女優も老人の仲間入りです…。冗談じゃないわ！　プライドってものがあるわよ」

いつもより早く和美を帰らせて、悦子はブランデーを飲んだが、酔えなかった。

これまでに三度離婚した。週刊誌はいろいろと取りざたしたけれど、結局は体形の崩れを恐れて妊娠を拒否したのが一番大きな原因だった。気がつくと六十歳を超えて、広いマンションに一人で住んでいた。

（何が白髪染めよ。いい加減にしてよ）

和美が残していった契約書を読もうとしたが、老眼鏡が手元になかった。確かにあそこにと思った所に眼鏡はなくて、ふろに入ろうとすると洗面所にあった。悦子は浴室で、すっかり化粧を落とした自分の顔をあらためて見た。染みもしわも、六十二歳の女の歴史を正直に物語っていた。その時ふいに、三十五歳の時に別れた三度目の夫の言葉がよみがえった。

「当たり前に子どもを産んで当たり前に年を取らないと、君は普通の女の人生を演じられないぞ！　プライドなら年齢相応のプライドを持ちたまえ」

悦子は泣いた。泣いて泣いて泣いて、老いを認めようとしない自分を流し去った悦子は、次の朝、ふっきれたように和美に言った。

「あのコマーシャルの話、受けるわ」

それ以来、悦子は、美しい初老の女優として不動の地位を築いて現在に至っている。

## ●大王崎

右手には間違いなく広々とした志摩の海が広がっているというのに、道は頂上に至るまで、ひたすら海の姿を隠し続けて連なっている。両側の店先に並ぶ干物のにおいを懐かしみながら、菜津子は半世紀ぶりに大王崎を目指して歩いていた。

七十二歳の体力は、途中でしばしば菜津子に休息を強いたが、一歩進むごとに過去は確実に近づいて、突然平らになった道の前方に、まぶしく光る大海原を背負った白亜の灯台が現れると、菜津子の目に見る見る熱いものがあふれ出た。

「ええか、なっちゃん、驚かんと聞いてや」

当時二十歳の菜津子は、あの日、疎開先のこの町で東京の両親の死を知った。

「心配するな、叔父さんがついてるがな」

と慰めてくれる叔父の気持ちはありがたかったが、

「こんな狭い家《うち》に、これからずっとあの子を住まわせるつもりなんか?」

叔母の言葉は菜津子を暗やみに突き落とした。

終戦の日、両親の後を追おうとひそかにやって来た岬には、先客がいた。

「長男で妻子持ちのおれは特攻隊への志願は許されんかった。男はどうせ全員アメリカに殺されるんなら、おれはここで死んだるんや!」

「何言ってるの、生き残った者の戦争は今始まったのよ。死ぬなんて絶対だめよ!」

異常な状況で、絶望を挟んで向かい合った若い二人の魂は急速に接近した。

周造という名の漁師は、妻子を捨てて菜津子と東京へ逃げた。子どもも作らず、まるで罰を受けるような生活を三十年余り続けて、周造は心臓発作でこの世を去った。

菜津子は独りぼっちになった。

(何もかもここから始まったんだわ…)

バッグから取り出した写真の中で、最も輝いていたころの周造と菜津子が笑っている。

…とその時、近くで若い男の声がした。

「由香とツーショットを写そうと思うんだけどよォ、ババァが邪魔して撮れねえんだヨ」

今風の男女がほおを寄せ合って、友人に携帯電話をかけているのだった。

ババァ！。

菜津子は、夢からさめたように顔を上げた。

日が西に傾いて、海がにわかに赤みを帯び始めていた。

## ●ブイ

店は深夜二時に閉めるが、看板だからといって酔った客がおとなしく帰るわけもなく、後片付けをして家路につくころには、ゆうに午前三時を回っている。小さな港町に深夜まで営業しているタクシーはなく、明美は自宅までの二キロほどの道のりを徒歩で帰るのだが、寒い季節は別にして、つながれたたくさんの白い小船を眺めながら、堤防沿いをこうしてぶらぶらと歩くのを明美は嫌いではなかった。

水平線に日が昇ると、海は今日も何か素晴らしいことが起きそうな色に染まってゆく。

明美は立ち止まって、光の中へ舞い上がるおびただしいカモメの群れを見た。

（六十一歳か…）

昔から明美は、朝の海のように、いつも素晴らしいことが起きると信じて生きてきた。他人より少しばかり美しく生まれついたために、明美には確かにいいことが多かった。幼いころは大人たちの称賛の中にいたし、年ごろになると愛を打ち明ける男たちに囲まれた。二十歳になるのを待ち構えていたように一緒になった青年とは、わずか二年で別れ、一年もしないうちに新しい結婚をした。どちらも激しい恋の末の結婚だったが、期待を裏切って、生活はたちまち単調になった。

「毎日の暮らしには、そんなに素晴らしいことは起きないんだよ。昨日と今日と明日が同じってことがどんなに幸せなことか、辛抱して穏やかに年を取った者だけに分かるんだよ」

母親の言葉の意味が今でこそ理解できるが、明美はその後も離婚と再婚を繰り返し、やがて愛人の立場に落ち着いた。「ブイ」という名のスナックは、親子ほど年の離れた愛人の残してくれた唯一の財産だった。

（数えきれないほど恋をしたわ…）

なのに、どこかむなしさがくすぶるのはなぜだろう。明美はたばこに火をつけると、細い煙を勢いよく空へ向かって吐き出した。

犬を連れて早朝の散歩をするジャージー姿の主婦が近づいて来る。それが同級生の槇子だと分かると明美は背を向けてやり過ごした。激しい恋の一つも知らないで平凡な見合い結婚をした槇子は、昨日と同じ今日に深々と腰を落ち着けて幸せなのだろうか…。

(だめだめ、人生は比較できないものよ！)

化粧で隠した年齢をあばかれるのも構わず、太陽めがけて両腕を伸ばすと、明美は大きく一つ深呼吸をして歩き出した。

## ●ひまわり

自分の住んでいる土地に、道路が通る計画があると聞かされて、まさかこんな行き止まりの山すそが…と、半信半疑だった百瀬貞子は説明会に出席して、人間という生き物が恐ろしくなった。

「この山をトンネルで抜いて、片側二車線のバイパスを造ります。完成すれば、国道に出るまでの時間は半分に短縮されるでしょう」

背広姿の若い係員は、事もなげに言うが、トンネルを通す山の頂には山犬封じの小さなほこらがあって、昔から「いぬもりさま」と呼ばれ、半ば恐れられている。

「ということは、あの…私の土地は…」

「ええっと、百瀬さんの場合はですね…」

係員は壁面の大きな地図上の一点を指し、

「完全に道路の上ですので、立ち退きになります。あ、もちろんそれなりの補償は責任を持って致しますから、ご安心ください」

と言った。

「補償なんかいりません！　この年になってよその土地で暮らせと言うのですか。第一、あの土地には石垣一つに至るまで、両親や祖父母の思い出があります。勝手にはさせません！」

貞子は立ち上がって、そう叫びたかったが、現実はうつむいて唇を結び、ひそかに立ち退きを拒む決意をするのが、精いっぱいだった。

病弱な母親の世話をしているうちに、婚期を逃がした一人娘の貞子には、両親を亡くした今となっては相談する家族もいなかった。

立ち退き書類への押印を拒否した貞子は、狂ったように家の周りに花を植えた。

長年、生活している人間にとって、それは、ここが掛け替えのない場所であることを示す唯一の方法だった。そしてたとえ植物でも、同じ土地で暮らす生き物が増えるのは心強かった。

三年がたち、今年も周囲を鮮やかな黄色に染めて、おびただしい数のひまわりが咲いた。

完成したトンネルに続く広々とした道路は、貞子の土地の部分だけが狭いまま残された。

通行する車にとっては迷惑な話だった。

「欲張りババアが、補償金をつり上げる気だな?」

ドライバーたちは、そこを通るたびに激しくクラクションを鳴らし、空き缶を投げ捨てた。

(助けて…)

ひまわりの根元に散乱する空き缶を拾いながら、今日も貞子は唇をかみ締めた。

## ●嫉　妬

病棟には日に何度か、うそのように静かになる時間帯がある。昌江は、ベッドの夫を起こさないようにこっそりと病室を抜け出した。

廊下には誰もいない。

胸の鼓動に追いかけられるように一直線の廊下を走り、一番奥の特別室に素早く忍びこんだ昌江は、思わず自分の目を疑った。

広い…。

冷蔵庫、流し台、クロゼット、トイレが備え付けられた部屋に、応接セットつきの広々とした病室が続き、主人《あるじ》がリハビリから帰るのを、電動ベッドが待っている。

いびきとうめき声と他人のにおいに満ちた六人部屋で、手動式のベッドに横たわる夫と比べれば別世界だった。

「とにかくお見舞いが多くて、同室の皆さまにもご迷惑です。お金はいくらかかっても構いませんから特別室に移してください」

昌江は先週、看護婦詰め所の前を通りかかって偶然耳にした、同級生の春子の大声を思い出した。人前で、お金はいくらかかってもいいと言い切る屈託のなさが許せなかった。

女学校での成績は常に昌江が上だったし、容姿も昌江の方が勝っていた。

家柄だけは、大地主の娘の春子には逆立ちしてもかなわなかったが、一人の女としては、自分の方が確実に優れていると自負していた。それを証明するように、昌江は、当時女学生のあこがれの的だった北村晃一と大恋愛の末、結婚した。

何年かたって、春子が年齢に追われるように、親の勧める町工場の長男に嫁いだというSうわさを聞いた時、昌江はひそかに勝利者である自分を意識した。

その自分が子どもに恵まれず、晃一の治療費にも困っているというのに、同じ脳出血で入院した夫に付き添う春子の方は、急成長した会社の会長夫人として一日七千円の特別室に入り、リハビリを待つ間を喫茶店で優雅にコーヒーを楽しんでいる。

半世紀の年月が、二人の人生を完全に逆転させていた。


昌江はサイドテーブルの引き出しを開けた。

病気かと思うくらい手が震えた。

わしづかみにしたのし袋の束をエプロンのポケットに突っ込み、逃げるように特別室を出た。

遠くに人の気配を感じて、とっさに近くのトイレに駆け込んだ昌江は、ドアを閉めるなり激しくおう吐した。今にも心臓が口から飛び出しそうだった。

そして、ポケットののし袋がすべて、既に現金を抜き取った後の空袋ばかりであることを知った昌江は、放心したようにその場にしゃがみこんだ。

## ●三次会

二次会のスナックでは、声がかれるほど懐メロを歌った。屋台のラーメンを食べながら、さらにビールを一本空けた。旅館に帰り着いたのはすでに十二時を過ぎていたが、五年ぶりのクラスメートたちの名残は尽きず、幹事の部屋を会場にして、誰言うともなく三次会の酒盛りが始まった。

「よし！　栄光の三年三組の再会を祝して、もう一度乾杯だ」

幹事の発声で一気に飲んだウイスキーが効いた。正彦の記憶はそこで途絶えている。

「何だ正彦、寝ちまったのか？　おい正彦」

幹事の隆司は正彦のほおを二度三度たたいて正体のないことを確認すると、

「皆さん！　正彦が残念なことになりました」

白い枕カバーを外して正彦の顔にかけた。その傍らに早速、寿枝がにじり寄り、

「本日はお忙しいところ、主人のためにお集まりくださってありがとうございます」

どうか顔を見て、最期に何か言葉をかけてやってくれと神妙に言った。

みんなしたたかに酔っている。

「正彦！　お前、何でこんなことになったんや。反抗期の子どももようやく自立して、人生これからやと言ってた矢先やないか」

利昭は怒ったようにそう言うと、再び正彦の顔に白布を戻して合掌した。その感触で正彦は目を覚ましたが、寝たふりを続けた。すると今度は康雄がその布をめくり、

「やっと楽になったなあ、正彦。病院にいる時は随分苦しそうだった。お前、本当は自分の病名に気がついていたんだろ？　だからあんなに懸命に生きてたんだろう？　奥さんを突然東北の旅に連れてったりしてな」

「あんた！」

寿枝が正彦の胸に泣き崩れた。その大げさな演技に思わず噴き出しそうになった正彦の白布を次々と旧友がめくり、その度に正彦は慌てて死んだ顔を作った。晶子が、美晴が、正光が、思い思いに言葉をかけては合掌する。そのうち正彦は本当に死んでいるような気になった。

（いつかこういう時が来る。その時、おれは後悔するだろうか、それとも感謝するだろうか）

家族の顔を思い浮かべたとたん、急に涙が出た。ちょうどその時、布をめくった隆司が、

「おい、ほとけが生き返ったぞ！」

おどけた声を上げた。

## ●タイムカプセル

背広姿の幹事はスコップを持つ手を高々と上げて、

「ではいよいよ十年前の自分とのご対面です。スコップは人数分用意してありますので、男性はくれぐれも、か弱そうな女性だけをかばいながら慎重にカプセルを掘り出しましょう」

冗談交じりにあいさつをした。

校庭の隅から掘り出された銀色のカプセルには、十年前の同窓会の折にそれぞれが書いた作文と記念写真が、封筒に入れて納められている。

「あら、こうして見ると十年前の私たちは随分若かったのねえ」

「当たり前だよ、おれたちもう五十だぞ」

「五十か…。昔なら立派な年寄りだよな」

「私なんか孫がいるわよ」

「ええっと、まだ受け取っていない人は取りに来てください。梶田君、かじた…あ！」

幹事は慌てて口をつぐみ、同窓生は互いに顔を見合わせた。梶田俊彦は四年前に食道がんで他界している。俊彦とは誰よりも仲の良かった忠雄は、眠るような親友の顔と、泣き叫ぶ家族の声をまざまざと思い出した。

『結婚が遅かったので十年後には長男はようやく成人しますが、末の娘はまだ中学三年生です。とにかく私は健康で働いていなければなりません』と作文に書いた俊彦が既にこの世の人ではない。だから、

「さて、懐かしい作文の内容と現在の自分を比べていかがだったでしょうか？　それでは、さらに十年後の自分にあてて、再び作文を書いてカプセルに納めようと思いますので教室にお集まりください」

と言われても気が進まなかった。十年後には当然のことながら全員が六十歳になる。糖尿で苦しむ父親はおそらく生きてはいまい。いや、夫の看病を終えた母親だって元気でいるとは限らない。それどころか、最近人間ドックで、必ず心臓の異常を指摘されながら残業を重ねる自分自身の命だって分からない。

これからの十年は哀《かな》しいことばかりが起きる…。すると、

「作文はやめてナツメロでも歌いに行かないか？」

誰かが大声で提案し、

「賛成！」

全員がことさら明るく呼応した。

## ●麻　雀

一泊二食にビールが一本ついて、税込みで一万円という、信じられない料金の温泉旅館に同級生がこうして集まれるのも、

「年を取って現役を退いたおかげだな」

正孝が牌《はい》を捨てながら言うと、

「ああ、おれたちは貧乏くじの団塊の世代より少し早く生まれた幸運な世代かもしれないな。幼くて戦争には行かずに済み、経済成長の恩恵だけ受けた。それポン！」

健一が正孝の捨てた牌を鳴いた。

「年金も満額もらえるし、能力主義の社会でもなかった」

新しいたばこをくわえながら達夫が言うと、

「だからおまえでも課長になれた。ロン！」

義明が達夫の捨てた牌で上がった。

新年会の流れで四人は神戸の旅館で麻雀《マージャン》卓を囲んでいる。

「しかし、市長にまでなった幹夫は心臓発作で死んだ。分からないもんだよな、人生」

「売れない演歌歌手やってた千賀子は、落ちぶれて大阪の飲み屋にいるっていうぞ。酔うとマイクを離さないそうだ」

「田舎で歌がうまい程度じゃプロの世界では通用しないってことか。そうそう、落ちぶれたと言えば知ってるだろ？」

「ポルシェに乗ってた博司だろ？　あんなに羽振りが良かったのに破産とはな、驚いたよ」

「結局、昔から夢ばかり追いかけてた連中が失敗してる」

「適当に生きてりゃ安全に生きられるのにな。大きな手を作ろうとすれば麻雀だって上がれない。幸せでもないし不幸せでもない。それが達人の人生ってもんだ」

「しかし、今死んだらおれ、ちょっと後悔するかなあ…」

「もっと後悔させてやるよ、それでロンだ」

「おい、夜明けだ。徹マンになったなあ！」

四人は壁の時計を見た。

一月十七日、午前五時四十六分。

大規模な地震が阪神・淡路を襲ったのはその直後だった。

## ●日　課

吉沢ウメは、夜になると決まって九州へ帰るとつぶやきながら、一晩中施設の中を徘徊《はいかい》する。そのウメがある日、玄関のセンサーが故障したすきに外出したまま行方不明になった。翌日の午後になって、ウメは派出所の警察官に伴われて老人ホームに帰ってきたが、ウメを引き渡した制服姿の若い警察官が施設の職員に敬礼する様子を見ていた楡原元三は、やせた右手を同じように目の上にかざして、それまでとは別人のようにきりりと姿勢を正した。

その晩から元三の奇妙な日課が始まった。

入所者が寝静まる午後十一時すぎになると、元三は、寮母室の壁から懐中電灯を持ち出して施設の中を見て回る。そして水道の蛇口を見つけると勢いよくひねって水を出し、よし…と確認の声を上げて歩き出す。

やがて、その日課に小島喜八郎が加わった。

寮母室の前で落ち合った二つの影は、

「そろそろ出掛けますか?」

「ああ、そうしましょう」

と声をかけ合って、静まり返った深夜の廊下に繰り出していく。

どうやら元三は国鉄職員だった若き日の自分を、喜八郎は退職後五年ほど勤めた警備会社時代の自分を生きているようだった。二人とも仕事一筋の生活の後、妻に先立たれたころから急速に呆《ぼ》けた。女ばかりの子どもたちが次々と遠方へ嫁ぎ、面倒を見る家族がいない点でも二人の老人は共通していた。

遠ざかっていく懐中電灯の丸い光を、さらに一つの影がこっそりとつけていく。二人に気づかれないように後をつけ、当直の寮母が水道の水を止めて回るのだった。

その夜、いつものように寮母室の前で合流した元三と喜八郎は、壁の懐中電灯を取ろうとして目を輝かせた。二人の年老いた働く戦士たちのために、あごひものついた新品の制帽が二つ、懐中電灯の隣に用意されていた。

「そろそろ出掛けますか?」

「ああ、そうしましょう」

深々と帽子をかぶり得意満面の元三と喜八郎の行く手から、九州に帰ると小声で繰り返しながら吉沢ウメがやって来る。すれ違いざまに二人がウメに敬礼する様子を、物陰に隠れた寮母がほほ笑ましそうに眺めていた。

## ●拘　束

いつの間にかふらりと施設を抜け出した栄吉は、関係者の懸命な捜索にもかかわらず発見が遅れ、ようやく三日後に警察官に連れられて戻って来た。

「飛行場の近くの国道で発見されました。沖縄に行くんだと言っていたようです」

「沖縄！」

栄吉は特攻隊の生き残りである。

おそらく過去を生きる栄吉の耳は、たまたまテレビから流れていた沖縄のニュースに反応して、上官の出撃命令を聞いてしまったのに違いなかった。

「車にはねられでもしたら、はねた運転手も災難ですし、当然、施設も責任を問われます。今後は十分気をつけてください」

警察官は立場上そう言い残して帰って行ったが、家族からの抗議はそんな生易しいものではなかった。

「いいですか？　捜索に三日も仕事を休んだのですよ。私としては、その間の損害を賠償してほしいくらいの気持ちです。だいたい痴ほう老人の施設だというのに、どうして簡単に抜け出せるのか理解できません。これでは管理体制に問題があると言われても仕方がないんじゃありませんか？」

「申し訳ありません。ただ…」

「ただ？」

痴ほう老人だからといって、できるだけ自由を拘束しないで生活させたいのです…と言おうとした指導員は、

「ただただご指摘のとおりで、何とも申し訳がありません」

気持ちとは裏腹のことを言った。

自由よりも安全を望む家族には何を言っても仕方がない。

その日を境に栄吉の生活が変わった。

念のために衣服には大きな名札が縫い付けられた。一定の行動範囲を越えると、裏地に取り付けられたセンサーがけたたましい音をたてて栄吉を驚かせた。そして、職員が手薄な夜になると栄吉の居室には鍵がかけられた。

「天皇陛下万歳！」「天皇陛下万歳！」

捕虜になったつもりの栄吉は、帝国軍人の誇りを保とうとしてむなしく叫び続けた。

## ●診療所

診察が一段落したのを見計らって健介がたばこに火をつけると、舅《しゅうと》の介護のために仕事を断念したベテラン看護婦の代わりに採用されたばかりの幸美が、さも迷惑そうに煙を払いのけながら、

「この診療所は本当に変ですね」

と言って窓を開け放った。

「ん？」

「大体、お医者さんが診察室でたばこを吸うのは非常識だと思います。それに…」

と、待合室に視線を向けて声を落とし、

「あの松竹梅たちは、誰一人病気じゃないと思いますよ」

「松竹梅って何だね」

戦中派の健介は、時々この足の長い茶髪の看護婦が分からなくなる。

「日比野まつ、山田たけ、吉村うめだから松竹梅でしょ？　先生だって血圧を測るだけで治療も投薬もしないじゃありませんか」

「なるほど、松竹梅だ。うまいこと言う」

と健介は笑い、あの老人たちは診療所へやって来ること自体が治療なのだ、と言った。

知りたければ日曜日にこっそりあの人たちの家に行ってみるがいいと健介に促され、幸美は車を転がして出掛けて行った。

別々の地区に住むまつと、たけと、うめの共通点は「孤独」だった。

家族は年寄りを残して町へ出掛けてしまい、近所に気の合う仲間のいない彼女たちは、診療所の待合室とは別人のように終日口を閉ざして庭の草をむしっている。子どもを育て、孫の世話をし、嫁に気を使い、夫を送り、そしてとうとう家族から疎んじられた老婦人の丸い背中は、寒々と寂しい影を落としていた。

病気でもないのにバスに乗り、彼女たちは毎日、はるばると村の診療所へ孤独を癒しに来ていたのだ。

月曜日を待ちかねたように、前後して診療所にやって来て、例によって大声で談笑する松竹梅を優しく眺め、

「それにしても先生、ああいう患者さんばかりではもうかりませんね？」

と幸美が言うと、

「いいんだ、おれたちの給料は変わらない」

健介は勢い良く煙草の煙を吐き出した。

## ●男たちの孤独

ちょうど出掛けようとしていた矢先に、玄関のチャイムが鳴った。

「いえね、長年、銀行を勤め上げられたあなたのような方に参加していただいて、会計を担当してもらえると、うれしいんです。こう言っちゃなんですけど、現在の担当者では、なんだか心もとないんですよ」

熱心に老人クラブへの入会を勧める人の良さそうな支部長を、

「せっかくですが、長年、銀行にいたからこそ、退職してからまで、金銭とはかかわりを持ちたくないんですよ。それに、私はもう銀行を辞めて五年になりますから、会計なんてとてもと

ても……」

　修造は体よく追い返して、車に乗った。

「ようやく煩わしい組織から解放されて、自由を手に入れたというのに、誰がわざわざ老人クラブに入って、もう一度、気苦労なんかするもんか。どうせ、また役員だ、先輩だ、と面倒くさい人間関係がつきまとうに決まっている。さあ、遅くなったけど、見舞いに行くぞ」

　妻の美津枝にそう言いながら、兄の入所した特別養護老人ホームに向かった。


　痴ほうが進んで、家族をさんざん困らせていたころの幸作の印象しかない修造は、初めて見る施設での様子に目を見張った。

　障子を破り、深夜に徘徊し、嫁を泥棒呼ばわりしていた人間とはまるで別人のように、幸作はぼんやりと窓の外を眺めている。

　声をかけても振り向きもしない幸作とは対照的に、テーブルに陣取ってトランプに打ち興じる五、六人の女性たちが、修造たちも加われとばかり、盛んに手招きをした。

「もちろん彼女たちも痴ほうですから、トランプにルールはありません。ただ、不思議ですね、痴ほうになっても、彼女たちは群れて楽しそうですが、男はおしなべて独りです。結局、男の社会性は組織に所属している間だけのものなのですね」

　職員の説明に、広いフロアを見渡すと、グループで行動している女性たちと違って、確かに男の入所者は、あちこちに点在して、寒々と孤独だった。

「おれ、老人クラブで会計でもやるかな」

帰りの車を運転しながら、修造がポツリとつぶやいた。

## ●院内コンサート

トワイライト・コンサートと銘打ったプログラムを持って病室にやって来た林婦長は、

「今夜、外来受付前のロビーで、病院主催の音楽会が開催されます。地元出身の二人のシャンソン歌手の歌声で入院患者さんを慰めようという催しです。参加しましょうね」

ベッドの上の久子にやさしくほほ笑んだが、かたくなに顔をそむける久子のこめかみには、歌なんかで慰められるものか…という憤りがピクピクと息づいていた。

詰め所に戻った林婦長は、

「どうでした?」

という桜井看護婦の質問に答える代わりに、

「何としてもお連れしましょう」

きりりと白衣の胸を張った。事業に失敗した夫が二千万円に上る借金を残して姿を消し、債権者の取り立てから逃れるように一人息子が事故死したとなれば、生きる希望を失うのも無理はない。しかし、首をくくったところを嫁に発見され、奇跡的に命が助かった以上、多少の手足のまひぐらい克服して、久子には強く生きてほしい。うがった見方をすれば、息子の死は、自分の生命保険金で借金を返済して一からやり直せという家族へのメッセージかもしれないではないか。

午後六時半…。

車いすの久子は、暗い目をしてコンサート会場の最前列にいた。隣には片足を切断した小学生がいた。がん治療ですっかり髪の毛が抜け落ちた頭をバンダナで隠した同年齢の患者がいた。点滴をしたままベッドごと参加した重症患者もいた。会場を埋め尽くした病める人々を看護婦たちが見守る中、真っ赤なドレスのピアニストの伴奏に合わせて、青と黄のドレスに身を包んだ二人の若いシャンソン歌手が懐かしい日本の唱歌を歌い始めた。

ふるさと、われは海の子、さくらさくら、夏は来ぬ、村祭り…。

あちらに一人、こちらに一人と、目立たぬように患者を気遣う医師たちの姿が見える。

やがて会場がフィナーレの「上を向いて歩こう」の大合唱に包まれたとき、林婦長がそっと桜井看護婦の肩をつついた。

「あ!」

桜井看護婦は短い叫び声を上げた。

「泣きながら歩く…一人ぽっちの夜」

リハビリさえ拒否して終日口を利かなかった久子の唇が、かすかに動いていたのである。

## ●祝杯

昔、流しの演歌歌手をしていたという久松が、かつて、花町で芸者をしていたというソメと結婚したいと申し出たときは、施設の事務室はちょっとした騒動になった。

「久松さん、いくつだと思う？　七十二歳よ。しかも、これまでに三度結婚して、三回とも生き別れ。一体何考えてるのかしらね」

「でも、そうなればソメさんは六十八歳で初めて花嫁を経験することになるのよね。ちょっとすてきじゃない？」

「冗談じゃないわよ。いくら老人ばかりの施設だからって、二人を一つ部屋に住まわせたりすれば風紀が乱れるわよ。私は反対よ」

「そうよ、寝るときは別々の部屋に戻るというだけで、これまでだって二人はべったりだったのだから、それでいいじゃない」

おおむねが否定的な職員を意に介さず、久松は市役所へ出掛け、婚姻届の用紙を手に入れてきた。二人に好意的な由造と房江を証人に立てて提出すると、婚姻はあっけなく成立した。夫婦として記載された戸籍抄本をもって、久松は施設長に結婚を報告した。ソメが恥じらいながら寄り添っていた。

両性の合意のみによって成立する婚姻について、賛成だ反対だと議論していた自分たちのごう慢さに職員がようやく気がついた時には、由造と房江の計らいで着々と披露宴の準備が進んでいた。ティッシュペーパーでたくさんのバラの花が作られた。カンパを募って酒やつまみが用意された。裏の白い広告を張り合わせて『結婚おめでとう』の垂れ幕が完成した。こうなると職員もほうってはいられなかった。

「定例の誕生会とは訳が違うわよ」

「そうよ、本物のお祝いなんだからみんな張り切ってよ！」

特別の料理が準備され、ウエディングドレスが調達された。

全員が集まった食堂に年老いた新郎新婦が入場すると、割れるような拍手が起きた。

「いよっ、お染久松！」

歌舞伎のような大向こうが掛かった。

涙ぐむソメとは対照的に、久松は四度目の結婚に胸を張っておどけて見せた。すべてのドラマは、宵越しのカネは持たないような生活をしてきたこの男の明るさの周囲で起きている。何があっても明るく生きればいいのだ。その晩、施設の消灯時間は堂々と無視された。

## ●はつらつ教室

定刻をとうに過ぎても「はつらつ教室」の参加者は一向に集まらなかった。

「それじゃ、とりあえず、いる人だけで始めましょうか！」

とは言ったものの、誰も動かない。

「そうよね、お年寄り二人にボランティア五人でいす取りゲームっていうのもね…」

恭子がため息をつくと、

「まあ、気を落とさんでくださいよ、世の中、照る日、曇る日ですから」

リーダー役の松三が気の毒そうに慰めた。それにしても、回を追ってこんなに参加者が減るのはなぜだろう。町は急速に高齢化が進んでいる。引きこもり…ひいては痴ほうや寝たきりの発生を少しでも防止するために、主婦層のボランティアを募って始めた「はつらつ教室」ではなかったか。

「いす取りゲームがきついのかしら…」

「あのあとのカラオケが苦手なのかもしれないわねえ」

「結局、公民館までの足が不便なのよ」

とその時、

「年寄りは案外誇り高い生き物ですからね」

副リーダーのトメが口を開いた。

「皆さん、どうしても老人を子ども扱いされますが、私たちにはそれぞれ険しい人生を生き抜いてきたという自負があります。保育園児のように扱われては足が遠のきますよ」

（そうか！　そうだったのか！）

恭子は目が覚める思いだった。人生の大先輩たちに「さあ、大きな声で歌いましょう」などと先生気取りで指図していた自分が恥ずかしかった。主催者が話し合いを重ね、はつらつ教室は「伝承塾」と名を変えて新しく生まれ変わった。高齢者たちを講師に、ボランティアが教わる側に回った。

「そりゃあ、もう当時はえらい食糧難でな」

「峠の地蔵さんには昔からこんな言い伝えがあってな」

「わしが若いころ、あの辺りは一面の雑木林でタヌキがたくさんおってな」

苦労話、昔話、わらじ作り、郷土料理…。

自分たちの知識や経験を次の世代に伝える時の老人たちの瞳は輝いていた。一人増え、二人増え、時には思い出話に打ち興じながら、伝承塾は参加者が増えた。そして、戦争体験を聞くという来月の催しを案内すると、何と地元の中学校から子どもたちも一緒に聞かせてほしいという申し出があったのである。

## ●シロ

「いえ、あいにく当方ではそのようなサービスは行っておりません」

丁重な言葉遣いとは裏腹に、村瀬係長はひどく乱暴に電話を切ると、

「ヘルパーが犬の世話なんかするわけないだろうが…何考えてるんだ、全く」

大きな声で独り言をつぶやいて、話の内容を周囲の職員に知らせた。

力なく受話器を置いたよねが縁側から庭に下りると、小屋の中でピクリと両耳を立てたシロが、やがてもの憂げにまぶたを開け、まるでそれが飼い主に対する義務ででもあるかのように、のっそりとよねにすり寄った。

（お前も年を取ったねエ…）

見るたびにつやを失っていくシロの背中を、よねは優しくなでた。シロは懸命に喜びを表そうとするのだが、緩慢なしっぽの動きは、喜びよりもむしろ哀しみを表していた。

近所付き合いは決して悪くはなかったが、かと言って、シロの世話を頼むほど親しくもなかったし、東京でマンション暮らしをしている息子の俊一に相談すれば、にべもなく保健所へ連れて行けと言うに決まっていた。

しかし、五年前に夫の庄八を失ったよねにとって、シロだけがかけがえのない家族だった。

（やっぱりお前を残しては行けないよ）

よねは、シロのやせた胸を抱き締めてほおずりをした。

入院予定日になってもいっこうに来院しない浅井よねのカルテを開き、

「一度、電話してみてくれないか？」

主治医の浜田外科医は看護婦に指示をした。食道にあれだけの腫瘍《しゅよう》を持っていれば、食べ物を受け付けなくても無理はない。高齢者のがんは進行が遅いとはいえ、今となっては手術以外によねを救う方法はなかった。

枕元で電話が鳴った時、よねは夢の中で汽車に乗っていた。発車のベルが鳴り響くとプラットホームでシロがほえた。よねは動き始めた汽車の窓から体を乗り出した。

「シロ！　一緒に行こう、シロ！」

「先生、お留守のようです」

という看護婦の報告に、（息子のいる東京で治療するつもりかな？）

浜田はそう思いなおしてカルテを閉じた。

## 撫《な》で仏

同病相哀れむというわけではないが、同じ時期、同じ病室で病を養った泰蔵と常一は、年格好が似ているせいか、うまが合い、互いに励ましながらリハビリに専念した。その甲斐《かい》あって桜の季節、二人同時に退院の指示が出た。

「もちろん、あんたも通院で訓練を続けるつもりじゃろう？　つえは離せんまでも、放っておけば体の機能は衰えるきの」

という泰蔵に対し、

「いやァ、わしは近所の山にありがたい『撫《な》で仏』があるき、そこに日参する決心じゃ」

常一は、そう答えてリハビリ室を寂しそうに振り返った。

「けんど、信心で体は良うならんぜよ」

と言おうとした泰蔵は、慌てて口をつぐんだ。病院の近くに住む泰蔵と違って、常一の田舎からは、通院したくても交通の手段がないのだ。

一年が過ぎた。

常一はどうしているだろう…

泰蔵は自宅の電動ベッドの背もたれを上げて、常一の太いまゆを思い出していた。

退院はしたものの、週に一度、壁のハンドルを回したり、表彰台のような階段の上り下りを繰り返す味気ない病院のリハビリにあきたらなくなった泰蔵は、人込みの街に散歩に出て転倒した。

健足の大腿《たい》骨が折れていた。三カ月の入院治療の末、泰蔵は歩行能力を失って、今では終日ベッドの上で過ごしている。不本意だった。

一方、常一も山寺のぬれ縁に腰を下ろして懐かしい泰蔵のことを思い出していた。眼下に広がる桜の海をぬうように長い石段が続いている。雨の日以外は一日も欠かさずこの階段を上って山上の「撫で仏」に参拝した。

仏の肩をなでた手で自分の肩を撫でて礼拝し、仏の腰を撫でた手で自分の腰を撫でて礼拝する。撫でれば治る「撫で仏」の功徳を信じて一年間。今思えば、四季折々の自然を楽しみながら、参拝すること自体がリハビリだった。

「ええお日和じゃの?」

不自由な足を引きずりながら石段を上って来る、同じ参拝仲間の声に常一はわれに帰った。

「おお、きばりィや、ここの仏さんは功徳があるきなァ」

常一は、晴れ晴れとつえなしで立ち上がった。

## 敗　北

まさかこの年になって、こんな形で再び故郷の土を踏むことになろうとは、修治は思ってもみなかった。

同級生の中でも群を抜いて成績が良かった修治は、大学進学のまだ珍しかった時代に、東京の一流大学へ入学した。

「オレたち、いつまでも親友でいような」

東京へ発《た》つ朝、修治は、駅のプラットホームで見送ってくれた幼なじみの耕造に、

「お前も早く一人前の板前になれよ」

そう声を掛けながら、今日を境に目の前の旧《ふる》い友人とは全く違うレールの上を走り出した自分を感じていた。

卒業後、修治は田舎には帰らず、高度経済成長の申し子のような、東京の大手建設会社に入社した。

仲間たちとの年賀状のやりとりもいつしか途絶え、結婚して二人の子どもの父親になってからも、修治は家庭を顧みない企業戦士であり続けた。

団地造成や公共工事を落札するたびに、社内での修治の地位は上がり、五十歳という若さで建設部長に抜擢《ばってき》された年の暮れに、役人への贈賄の事実が明るみに出た。

上司の暗黙の了解のもとに、歴代の担当者が繰り返してきた行為だったが、世の中は既にその種の不正を憎む時代に突入していた。

執行猶予とはいえ、犯罪者となった修治に組織は冷たく、あっけなく職場を追われた修治を待っていたのは、実家に帰ります、と書かれた置き手紙と一枚の離婚届だった。

「おやじ、オレ、何もかも失ったよ…」

母親の三回忌の折りに比べると、わずか二年でめっきり老け込んだ由蔵は、

「生きていればいろいろなことがある」

妻の遺影を見つめてそれだけ言うと、

「こんな田舎にも最近一軒だけ、うまい店ができたんだ。久しぶりに父子で飲むか」

たばこの火を消して立ち上がった。


紺地に「故郷」と染め抜かれた暖簾《のれん》が、風に揺れている。

運よく二つだけ空いたカウンターのいすに、並んで腰を下ろした父と子を見て
「修ちゃん？　修ちゃんじゃないか！」

うれしそうに大声を上げた板前が、耕造であることに、修治は、すぐには気がつかなかった。

「おい、三十年ぶりに親友が訪ねてくれたんだ。奥の座敷にご案内しろ」

修治は、技と信用を積み重ねて立派に自分の店を構えた職人の、自信に満ちた顔をまぶしそうに見た。

## ●向こう三軒両隣

則子はその日、老人ホームでとても印象的なお年寄りと出会った。

日曜日のたびにボランティアとして慰問に行く則子を、一目見るなり死んだ妻だと思い込んで、うれしそうに近づいてくる吉島善三という痴ほう老人だった。善三は二十歳も年下の則子のことを自分の妻の名で呼んで、寮母の指示には耳を貸さなくても、則子の言うことには素直に従った。そのことを真っ先に夫の健次郎に報告しようと玄関を開けたげた箱の上に、則子は一枚の走り書きのメモを見つけた。

〝源さんが倒れた。市民病院にゆく〟

則子はもう一度ハンドルを握ってアクセルを踏みながら、みるみる顔面から血の気が引いていくのが分かった。

「大丈夫?」

と則子が小声で尋ねると、

「ああ、今回は軽い脳梗塞《こうそく》らしいが再発の恐れはある。源さん、自分で救急車を呼んだんだ」

点滴のチューブをつけて眠っている源さんのベッドサイドで健次郎が言った。

「それにしても家におれが居る時で良かった」

「本当に……」

「一緒に救急車に乗り込みながら、独り暮らしの老人の隣に住んでいるということは、それだけである種の社会的責任が伴うんだということにおれは初めて気がついたよ」

「源さん、近くには身寄りがないから、向こう三軒両隣が頼りよね」

「人ごとじゃないぞ。一人娘を遠くへ嫁にやった。おれたちだってやがて源さんのようになる」

「ええ……」

「迷惑をかけたねえ、稲垣さん」

二人の話し声で目を覚ました源さんが、弱々しい声でつぶやいた。

「何言ってるの源さん、こんな時こそご近所はお互いさまじゃない」

則子は笑って答えながら、これからは遠くの施設でボランティアをするのもいいけれど、近くで助け合うことの方が大切かもしれないと思っていた。

## ●空き地

ひばりが丘団地の中央にある広大な空き地は、住宅がほぼ埋まった時点で、団地を造成した企業の負担によって大規模な公民館を建設して市に寄贈される約束になっていた。が、近くに遊び場のない子どもたちのために、サッカーができる程度のグラウンドを整備すべきではないかという声が、小学生の母親たちを中心に、にわかに持ち上がった。

「学校の運動場で遊べばいいでしょう」

という意見も少数ながらあったが、

「昔と違って学校は、責任上、いったん帰宅してからでないとグラウンドでは遊ばせません。子どもたちに山一つ削って造った団地まで往復させるのはいくら何でもかわいそうでしょう」

という意見の前には無力だった。

考えてもみてください…と、グラウンド整備に賛成する母親たちは口をそろえて主張した。

「そもそもが、うさぎ小屋のようなアパート暮らしでは子どもたちの情操にも悪いと思い、不便でもこの団地に越してきたのです。多額のローンを背負って主人が遠くまで通勤するのも、結局、子どもたちのためなんです。断じてグラウンドを造るべきだと思います」

「同感です。勉強やテレビゲームばかりでは心がゆがみます。子どもたちにはのびのびと体を動かす場所が必要です」

「しかし、それでは公民館が」

市の職員が口ごもった時、
あの、私はちょっと違う意見を持っているのですが…と前置きして一人の主婦が立ち上がって言った。

「子どもたちが無事育ち、私たちぐらいの年齢になるころには、この団地は年寄りの山になっているのですね」

市役所の会議室は沈黙に包まれた。

そう言われれば、ほとんどが団塊の世代の核家族で構成されるひばりが丘団地は、三十年するかしないかで高齢化の波にのみ込まれる。しかも、たいていが次男坊以下で、帰る田舎はない。老人ホームははるか遠方にあって夫婦一緒には入れない。二人とも年を取って、どちらかの身体が不自由になった時、果たして子どもたちを頼れるだろうか…。

（空き地には公民館でもグラウンドでもなく、自分たちの老後の安心を保障する総合的な福祉施設をつくるべきかもしれない）

集まった人々は、老人ばかりが行き交う色あせた団地の景色を思い浮かべて身震いした。

## ●豊かさの比較

夏休みの自由研究として施設のお年寄りにいくつかの質問をしたいと申し出た中学生は、テープレコーダーを持ってやって来て、研究のテーマは〝豊かさの比較〟だと言った。

「これまでで一番うれしかったこと、一番おいしかったもの、一番楽しかったことをそれぞれ五分間で思い出してもらいます。同じ質問を自分たちの学校の先生たちにして、答えを比較します。内容の違いによって時代の豊かさを知るのが狙いです」

あらかじめ受け答えのできそうな何人かの入所者の了解を取り付けておいた指導員の知彦が、まず倉橋サダの部屋に案内すると、サダは、一番うれしかったのは、もちろん夫が生きて兵隊から帰って来た時だと即座に答えた。

「私を抱き締めた時の、あの無精ヒゲの痛さと汗臭い軍服のにおいは忘れられません」

車いすの上から遠くへ視線を投げるサダは、知彦がはっとするほど若やいでいた。

一番おいしかったものは戦後の物のない時代に夫が手に入れて来た白いご飯で、一番楽しかった思い出は、若い男女が自由に手を取り合って踊ることのできた娘時代の村祭りだと、サダは迷わずに答えた。

次に質問を受けた吉田銀次などは、一番うれしかったことを尋ねられると、突然涙を浮かべ、敵弾に足を貫かれた自分を背負って懸命に逃げてくれた戦友の話を延々とした。

内容はさまざまだが、どの入所者も、質問に即座に答えられるだけの鮮明な記憶を持っているという点で共通していた。

知彦は分からなくなった。

三十年ほど生きてきた知彦は、初めから豊かな国の住人だった。食べるものにも着るものにも不自由した経験はなかったし、親のスネをかじって大学に通いながらアルバイトで稼いだ金で外国旅行もした。しかし、中学生の用意した質問に対する答えは容易には見つかりそうにない。ましてや銀次のように泣きながら語らねばならないほど強烈な友人とのきずななど皆無に等しかった。

きっと老人たちの心の奥には数え切れないほどの哀しい記憶も刻まれているに違いないが、内容は問わず、たくさんの起伏で彩られた人生を豊かと言うのだとしたら、彼らは紛れもなく知彦より豊かである。知彦は、平穏だがやせ細った自分の人生を寂しく感じると同時に、中学生の自由研究が終わったら、ぜひとも結果を知りたいと思った。

## ●折り込み広告

福祉センターの窓口で、百鉢のシクラメンと二羽の文鳥と一匹の雑種犬と熱帯魚の世話をしてくれるボランティアはいないか、と尋ねた順子は、若い担当者の答えに失望した。

「今、登録簿を見ましたが、あいにくその種のボランティアは見当たりません。それにしても手術を要するほど心臓が悪いのに、たかが花や生き物が気掛かりなくらいで入院を拒むのは、お年寄りのわがままですよ。頼れる身内や近所付き合いはないのですか？」

そんなものがあれば初めから苦労はしませんよ…と、のどまで出かかった言葉をのみ込んで、順子はセンターを後にした。

たかが花や生き物と担当者は言うが、一人暮らしの益夫にとっては、孤独を癒してくれる掛け替えのない家族なのだ。

順子は看護婦として、そんな益夫の気持ちを知っているだけに、ほうっておくわけにはいかなかった。外国で肝臓移植を受ける少女のためには、全国から多額の寄付が寄せられる。マスコミに華々しく取り上げられるかどうかの違いだけで、生命にかかわるという意味では同じ事ではないかと思った時、突然名案が浮かんだ。


病院にとって返した順子は、「あなたの優しさをください」という見出しで、詳細を記したチラシを五百枚印刷して、益夫の家の近くの新聞販売店に持ち込んだ。

事情を話して協力を依頼すると、

「生き物の世話は苦手だが、チラシを折り込むことなら、わしにもできるボランティアだ」

販売店の主人は、快く引き受けてくれた。

翌朝、順子のチラシは新聞と一緒に、益夫の住む地区の家々に一斉に配達された。

反響は大きかった。

方々から相次ぐ申し出を順子が調整し、結局、シクラメンは元植木職人の老人が、文鳥は理髪店の店主が、犬は中学生の男の子が、熱帯魚は寿司《すし》屋の大将がそれぞれ預かって、世話してくれることになった。

「これで安心しました」

益夫は晴れ晴れとした表情で入院した。

「早く元気になって、生き物たちを迎えに行きましょうね」

順子が励ますと、手術を明日に控えた益夫は、久しぶりに明るい笑顔を見せた。

## ●別　人

今年厄年を迎えた洋一から、

「おやじ、一日中テレビばっかり、ぼけちゃうぞ。たまにはヘルスセンターにでも、行ってみたらどうだ」

再三促されて、初めて受け付けを済ませた敏彦は、ロッカールームで裸になり、渡された青いガウンをまとい、鏡の前に立った。鏡の中からは、次長と呼ばれ大勢の部下を従えていたころとは別人の、孤独な老人の顔が見つめ返していた。

傍らをすり抜けて浴室に向かう職人風の男の肩が、敏彦の背中に無遠慮に触れたが、謝罪の言葉もない。

（だからこういう場所は嫌いなんだ！）

背広を着て長年、地位や立場で仕事をしてきた敏彦は、自分の腕一つで世の中を渡ってきた人たちが苦手だった。

謝罪しない相手に腹を立てながら敏彦は、謝罪を要求できないふがいなさに傷ついていた。あれほど辛らつに部下をしかり飛ばしていたくせに、組織を離れてみると、親にはぐれた子どものように意気地がなかった。豪快にジョッキを傾ける人たちのカウンターの端で、ひっそりとビールを飲み、大威張りで料理を頼む人々のすきをうかがうように枝豆を注文した。湯船で伸び伸びと手足を伸ばす人の横で、つつましく膝《ひざ》を抱え、敏彦はこんな所へ仲間もなしに来てしまったことを後悔していた。

ステージの上では、一人の老人が繰り返し繰り返し、カラオケに挑戦していた。

見ると歌っているのは、ロッカールームで敏彦の背中に触れた職人風の男だった。

調子外れの演歌を臆面《おくめん》もなく歌い、最後に両手を広げて、観客に拍手を要求する屈託のない男の笑顔が、敏彦は無性にうらやましかった。

(あいつは人生を楽しんでいる…)

趣味も持たず仕事に没頭した敏彦は、子どもが自立し、妻を失うと、家庭と職場でしか通用しない臆病な自分を持て余した。しかしいまさら人生を楽しもうとしても、心がいつだって背を向けていた。

これを最後にしようと、もう一度湯につかって玄関に出ると、例のカラオケの男が、家から迎えに来た軽自動車に乗り込むところだった。そして

「さっさとしてよ、おじいちゃん!」

運転席の嫁の罵声《ばせい》を浴びて、すごすごと後部座席に乗り込む男の顔もまた、ステージ上で見た笑顔とは別人だったのである。

## 鍵

「さて、ひと稼ぎしてくるか。ええっと、さつきが丘団地の場合は…」

若者は、複数のステッカーの中から「なごやかヘルパーステーション」というステッカーを選んで、白い軽自動車のボディーに貼り付けた。こうしておけば、たとえ誰かに目撃されても怪しまれることはない。

「しかし都合のいい時代になったもんだ。団地はどこも老人ばかりで、巡回ヘルパーの行動を観察すれば、鍵の隠し場所などすぐ分かる。家の者は他人の出入りに慣れているから、少々の物音では目を覚まさない。一万や二万盗んだところで気がつかないばかりか、たとえバレても疑われるのはヘルパーというわけだ」

白い軽自動車は深夜の団地を走り、やがて目的の家の前に着いた。よく目立つ黄色のエプロンをつけ、若者は、慣れた手つきで植木鉢の下から鍵を取り出してドアを開けた。

懐中電灯の丸い光が居間へ向かう。そっとふすまをすべらせると、

「！」

そこに老人が寝ていた。

「ヘルパーさんかい？　いつもより早いね」

老人がベッドの上でしわがれた声を出した。

「あ、はい」

若者は思わず返事をした。

「ほう、今夜は男の人か…。隣で妻が寝ているんだ、起こさないように頼むよ」

老人は若者にオムツの交換を命じた。

「あんた、まだ慣れてないね？　まあいい、何でも練習だ。そこにウエットティシュの箱があるだろう。そう、ありがとう。ああ、こうしていると何だか息子が帰って来たようだ」

「息子さんは？」

「たった一人の孫も一緒に事故で死んだよ。役立たずの年寄りだけが生き残ってこのざまだ。それ以来、ばあさんは人目を忍んでは泣き暮らしている。ところであんたのご両親は？」

「九州です」

「遠いなあ…。しかし、たまには顔を見せておやりなさい。親というものはいつだって子どものことを気にかけているもんじゃ」

「はあ…」

若者は、家出同様に別れたきりの父母の顔を久しぶりに懐かしく思い出した。そして

「鍵は番号式のものの方が安全ですよ」

なぜか帰りぎわにそう言い残した。

## ●いのち

一日二万円の差額が必要なだけあって、大造のいる特別室は、病室というよりはまるで高級ホテルの一室のような豪華さだった。

「…というわけで、私も見て参りましたが、森にオオタカの生息が確認されました。幸い自然保護団体もマスコミもまだ気づいてはおりませんが、ここはやはり社長のご判断を仰がねばということになりまして…」

応接セットのソファーに腰を下ろしもせず、直立不動の姿勢で開発部長が尋ねると、

「そんなことぐらい君たち重役連中で判断ができないのかね！」

ベッドの上の大造は、やせてひときわ鋭さの増した目で部長をにらみ付けた。

「あ、はい。それでは早速それなりの人を雇いまして…」

「人を雇ってどうするのかね」

「ですから、まずはオオタカを」

「ばか！　何を考えているんだね君は。私も君もオオタカも、同じ命を生きてるんだよ。開発

は中止したまえ」

　ワンマン社長の大造の言う事はいつも短くてよく分からない。とにかく逃げるように病室を出る部長を、

「驚かれたでしょう？」

　ドア一つ隔てたキッチンで、大造の妻の晴子が呼び止めた。

「主人が夜中に目を覚まして突然こう言うんです。おい、おれはこれまで馬車馬のように働いて一代で会社を今の規模にした。そこそこの財産もできた。全部おれの意思で築き上げたおれの所有物だ。しかし、こんな病気をしてみて気がついたことがある。何よりもこれこそは自分のものだと信じていたおれの命が、何一つおれの自由にはならんのだよ。眠っていても心臓は動き、呼吸を繰り返している。生まれるのも死ぬのもおれの意思じゃない…とすれば、どう考えても命はおれのものとは言えんだろう？　おれもおまえも犬も魚もタンポポも、どうやら生き物はすべて自分の意志で生きてるんじゃなくて、もっと大きなものの意思で生かされているのだと思ったら、不思議とありがたくてな…。あの人はがんを病んだおかげで、とても大切なことを学んだようです」

「生かされてる…か」

　病院を出た開発部長の脳裏に、ひなを守るオオタカのりりしい姿が浮かんでいた。

# 第四章　残照

## ●生前葬

故郷の友の突然の訃報《ふほう》を受け取って、それが生前葬の案内であることを知った正敏は、

「おい、本人は元気で生きてるんだが、葬儀にはやはり喪服を着るんだろうか？」

妻には答えの出せるはずもない質問をした。

六十余年も生きてくる間には数え切れない葬儀を経験したが、死者のいない葬式に参列するのは初めてだった。

「…ったく、嘉彦の人騒がせはいくつになっても変わらない。それじゃあ、とにかく仲間はみんな黒で出るんだな？」

久しぶりに連絡を取った同級生と、ひとしきり思い出話に花を咲かせた正敏は、

（懐かしい顔が集まるぞ…）

その晩は妙に興奮して寝つかれなかった。

案内はどうやら親しい者だけに出したらしく、会場の寺に集まった参列者の数は思ったより少なかった。

やがて読経が始まると、死に装束の嘉彦が、家族を引き連れて祭壇の前に進み、深々と頭を下げてこう言った。

「本日は私の葬儀に多数ご参集くださいまして、誠にありがとうございます。当人が人一倍元気で生きているにもかかわらず、葬儀という形でお集まりいただいたのには訳がございます。一つには日ごろのご厚情に対する感謝の気持ちを、生きているうちにきちんとお伝えしておきたかったということと、いまひとつには私の人生を支えてくださっている人々を、自分の口で家族に紹介したかったということと、最後に、それぞれに掛け替えのない皆さまを、葬儀という場を借りて、私という共通項で結びつけてみたかったということです。実は、今日で私は父親の死んだ年齢に達しました。ここで一つの区切りをつけて、明日からは残された人生を完全燃焼してやろうと思っています。別室に粗酒粗肴《こう》が用意してございますので、どうか心ゆくまでご歓談ください。なお今後、本当に私の身に不幸がありましても再び葬儀を行うつもりはありませんのでご安心ください」

式典に引き続き、会場を移して始まった宴会ほど楽しいひとときを正敏は知らなかった。

そして、嘉彦という共通の話題を中心に、その日たくさんの新しい友人を得た正敏は、

「どうでした？　生前葬は」

と尋ねる妻に、

「オレも生前葬をやるつもりだ」

と真顔で答えて驚かせた。

# ●散　骨

英子が、同じテニス部のキャプテンと付き合っているらしいといううわさを聞いて、すっかり意気消沈した純也が、強くもないアルコールをあおって布団に潜り込んだ時、枕元の電話が鳴った。

「純也か、済まねが今度の休みにおらを男鹿半島さ連れてってくれねえか？　ガソリン代のほかに三万円、お礼すっから」

「男鹿半島？」

「おれと婆《ば》っちゃの知り合った場所だ。志ずは昔から、自分が死んだらあの海に骨さまいてけろって言ってた。あれの一周忌におら、どうしても約束を果たしたいんだ」

吉雄はそれだけ言うと、孫の都合も聞かないで一方的に電話を切った。

貧乏学生の純也にとって、一日で三万円の収入は魅力的だったが、それ以上に、春の日本海で英子への思いを断ち切りたかった。

「人間、死ねばみんな骨になる…」

吉雄は骨壷《つぼ》を抱いて岬に立った。

海はまだ荒れている。

雲間から日が差すたびに、海は、人の心のようにその色を変えた。

「志ずはあの時、幸一と一緒にここに居た」

「幸一って？」

「おれの古くからの友達だ。おら、親友の婚約者に一目ぼれしたんだ」

「そ、そんな話…」

「今じゃ誰も知らねえべ。随分と悩んだけんど、人間、死ねばみんな骨になる。おら、自分の気持ちをごまかして生きてくこどができなくてな、思い切って志ずに打ち明けたんだ」

「…で？」

「志ずを手に入れて、たくさんの友達を失った」

吉雄は、珍しく厳しい横顔を見せると、

「そのおかげでおまえたちとも会えたんだ。こういうこどは思ったようにしねえと、いつまでも後悔すっからな！」

そう言いながら、おもむろに骨壷の蓋を取って逆さにした。折からの風にあおられて、志ずは広々と煙のように海に散った。

「ええか！　おれが死んでも、ここに散骨してけろや」

約束だぞ…という吉雄の言葉にうなずきながら、純也は、帰ったら英子に会って、きちんと気持ちを伝えようと決意していた。

## ●延　命

　ほとんど一時間をかけて根気よく流動物を食べさせても、最近の寿一の食事は、必要な量の半分にも満たなくなっていた。

　目も口も半ば開いたままで、意識は常に、こん睡と覚せいの境界をさまよい、点滴で水分補給しているものの、体温も血圧も下がる一方で、寿一の命が終えんに向かっていることは、誰の目にも明らかだった。

　これでいい…と主治医の河村は考えていた。往年の政界のドンは、このまま積極的な延命治療さえしなければ、樹木が枯れるように衰弱して死に至る。

　今こそ家に連れて帰り、住み慣れたわが家で家族に見守られながら、彼にふさわしい大往生を遂げさせるべきなのだ。しかし、それを聞いた長男の芳彦は、血相を変えて河村に詰め寄った。

「何を言うんですか、先生！　鼻から栄養を入れてでも、おやじを延命させてください」

「いや、滅んでゆこうとする体に、生きようとする力を無理やり注入すれば、いたずらに苦痛を長引かせるだけです。八十歳のお父上にとって、それが意義あることかどうかを真剣に考えてほしいのです」

河村の説得はむなしかった。

「診療拒否と受け止めていいですね？」

という芳彦の一言で、寿一の鼻には、その日のうちに長々と栄養チューブが挿入された。

「率直に申し上げて、面会にもいらっしゃらないのに、ご主人がどうしてあれほど延命にこだわられるのか、理解できません」

感情的な芳彦と違って、冷静な顔立ちの妻の光江に尋ねると、光江は表情を動かさず、

「年金ですよ」

即座に思いがけない真実を口にした。

長年公職にあった寿一に支給される年金は、本人の死によって終結する。事業を手掛けては失敗を重ねてきた芳彦にとって、父親の年金は大切な収入源だったのである。

「立派すぎる父親を持った主人はかわいそうです。主人は愛された記憶のない父親といつだって比較され、父親を乗り越えようとしては、何度も挫折しました。一緒に過ごす時間の代わりに、物やカネを与えることでよしとしてきた北澤寿一という政治家を、主人は憎んでいます。こういう状況になって初めて、父親を支配したのだと思います」

「年金ですか…」

河村は複雑な気持ちで、目の前の、決して幸福そうではない中年女性の顔を見つめた。

## ●恩返し

精進落としを兼ねて、いつもの居酒屋で同窓会の打ち合わせを始めた三人だったが、どんなに杯を重ねても、気分は沈みがちだった。

「結局ヨッちゃんが第一号だったな…」

八百屋のマーちゃんがぽつりと言うと、

「ああ、入院中は随分苦しんだが、いい死に顔だった」

大工のケンちゃんがぐい呑《の》みをあおった。そのぐい呑みに二合徳利を傾けて、

「同窓会の直前に、こんなことで同級生が集まってしまうなんてな…」

寿司《すし》屋のサブちゃんのため息を合図に、三人ともしばらくは押し黙って、葬儀に参列した懐かしい顔に思いをはせた。

これまでは親を送る葬式で顔を合わせた仲間たちが、これからは歯が抜けるように一人ずつ減っていく。

「死ぬ時ってどんなだろう…」

「そりゃあいろいろだろ？　でも、生きてきて良かったと思える瞬間が晩年にあれば、気が済むんじゃないかなあ」

「生きてきて良かったと思える瞬間か…」

と、そこまで話が及んだ時、三人の幹事の脳裏に担任の五島伸行先生の顔が浮かんだ。脳梗《のうこう》塞《そく》を病んだ先生からは、今回の同窓会に欠席のはがきが届いている。

「あなた、今年は欠席のお返事を出しましたけど、確か昭和二十五年会の皆さんの同窓会、今日でしたわよね？」

その日、紀和子が車いすの上の夫に声をかけると、口の利けない伸行は、まひのない顔の半分をくしゃくしゃにして笑って見せた。

長い教員生活で、あのクラスには一番てこずった。体育教師の理不尽な体罰に、クラス全員が授業をボイコットしたために、担任として初めて窮地に立たされたのもあのクラスなら、その心労で胃潰瘍《かいよう》を病んで入院した伸行を、千羽鶴を折って全員で見舞いに来たのもあのクラスだった。あのクラスだけは毎回欠かさず同窓会に招いてくれている。

(それもこれも元気なうちだけだ。こうなれば忘れられてしまう)

と、その時、玄関のチャイムが鳴った。

「あなた！　あなた！　あなた！」

戻って来た紀和子が急いで障子を開けると、どこかに腕白時代の表情を残した中年の男女がぞろぞろと芝生の庭を埋め尽くした。そして、大きく目を見開いた伸行の前で、朗々と中学の校歌の大合唱が始まった。

## ●そば

静江は、自分の声が大きくなるたびに、受話器を持つ姿勢をかがめて周囲をうかがった。

「な、昭子さん、耕平はこのごろ、寝言であんたと弘和の名前呼びよる。強がり言うてるけど、ほんまはあんたと弘和に会いたいんや。今日退院したさかい、顔見せてやってくれへんか？　あの子な…もうアカンのやて！」

電話を切ると同時に、静江の目には大量の涙があふれ出たが、

「人がいいだけのあんなやつ、誰が会いになんか行くもんか」

昭子の方はそうつぶやいて唇をかんでいた。

そば打ち、魚釣り、自然薯《じねんじょ》掘り…。とにかく凝り始めると耕平は半端ではなかった。家にはいつだって趣味の仲間たちが集まって、そばを打ち、魚を焼き、いもをすり下ろし、にぎやかに酒盛りをした。弘和が生まれた時は、耕平はいも掘りに出かけていた。受験の発表の時も釣りに誘われていた。揚げ句の果ては、そば打ち仲間の一人の借金の連帯保証人になり、父親から引き継いだ土地と工場を手放した。

「何もかも取られてしもて、あんた、これからどないして生きて行くつもりや！」

途方に暮れる昭子に耕平は、

「しゃあないやろ、友達のためや。幸いヤマちゃんの会社で雇うてくれる言うてるし、健康で働いたら食うて行けるがな」

その一言で昭子は離婚を決意した。

「がんを告知されたんや。体力のあるうちだけでも家で暮らさせてはと、先生が言うてはる」

という姑《しゅうとめ》の涙声を思い出すまいと、昭子がテレビをつけた時、玄関のチャイムが鳴って友人の孝志が立っていた。

そのころ——。

耕平の家には久しぶりにいつもの仲間たちが集まっていた。ヤマちゃんは懸命に自然薯をすり、ヨシくんは鉢巻きをしてそばを打ち、カズくんは外で魚を焼いていた。

「タカちゃんが来れば、全員そろうんやけどな」

耕平が言い終わらないうちにドアが開いた。

「訴えられたら、オレ誘拐犯やで」

笑う孝志の後ろから、昭子と弘和が現れた。

「お、お前たち…」

涙ぐむ耕平のやせた肩を静江が抱いた。

「今日のそば粉は信州の本場もんや」

「自然薯も酒も最高やで」

「弘和くん、魚が焼けたさかい手伝うて」

(ともだち…か)

昭子は初めて耕平の豊かさが分かったような気がしていた。

## ●コギャル

どうしても断れない飲み会があるので、久しぶりに路線バスで出勤した昌幸は、次々と乗り込んでくる女子高校生たちのいでたちを間近に見て衝撃を受けた。

まるで男たちを挑発するように、極限まで短くした制服のスカートから長々と肌色の足が伸び、その先に白いルーズソックスがたるんでいる。すっかり剃《そ》り落したまゆの上には、髪の毛と同じ茶色の墨が細く長く弧を描き、耳には金属のピアスが光っている。

女子生徒だけではない。

ミニスカートの代わりに制服のズボンが腰骨にぶらさがっただけで、まゆを細めた男子生徒のピアスの耳では、かばんから伸びた黒いイヤホンが、かすかに若者の音楽を奏でていた。

(団塊の世代のおれたちが過労死するほど働いて築き上げた繁栄の結果がこれか…)

自由と経済を何よりも大切な価値に据えてきたこの国の戦後は間違っていた。教育の中で自己を律する規範を与えられなければ、人は衣食足って礼節を忘れるものなのだ。

しかし目を凝らすとまじめな生徒も少なからずいた。つり革から自由になっている方の手には一様に昔懐かしい単語帳が握られて、彼や彼女らはバスの中でも勉学に余念がない。

(いかんいかん、どうも我々は悪い方に目を向けてしまう傾向がある。日本だってまだまだ捨てたものではないんだ)

とその時、昌幸の心臓に異変が起きた。胸に激痛が走り、昌幸はその場にうずくまった。

「誰か、た・す・け・て!」

声にならない昌幸の叫びに、いち早く反応したのはコギャルたちだった。

「ちょっとおじさん、大丈夫かよ!」

「運転手さん、早くバスを止めろよ、この人、死んじゃうよ」

「それよか救急車呼んだ方がいいよ」

「携帯で呼べんのかよ」

「知らねえよ、やるっきゃねえだろ?」

苦痛に耐える昌幸の顔を、化粧の濃い女子高校生が心配そうにのぞき込んでいる。

(ありがとう君たち…)

と言おうとした昌幸は再び激痛に襲われて口をつぐんだが、かすむ目は、騒ぎをよそに単語帳を見るまじめな学生たちの不気味な姿をとらえていた。

やがて救急車のサイレンが近づくと同時に、初老の企業戦士の意識は急速に遠ざかった。

## ●交　差

その朝、ヨネはいつものように、クロを連れて早朝の散歩に出掛けたが、しばらくすると、クロだけが首のロープを引きずりながら帰って来て、けたたましくほえた。

「クロ、おばあちゃんは？　おばあちゃんはどうしたの！」

胸騒ぎを感じながら、答えるはずのないクロに桂子が問いただした時、電話が鳴った。慌てて病院に駆け付けた家族の目の前に、ヨネの遺体は長々と横たわっていた。

「おばあちゃん、何か言って！　死んじゃ嫌よ、死んじゃ嫌！」

大好きなヨネをはねた暴走車を憎む気持ちが、短大を卒業した桂子に、警察官への道を選ばせた。交通ルールを守らない運転者が、桂子の敵になった。

政雄はハンドルを握りしめて、炎天下の国道をひた走っていた。

「あなた、お義父《とう》さんが心臓発作で危ないの。市民病院よ。すぐに来て！」

受話器の向こうの取り乱した妻の涙声が、政雄の耳に突き刺さっている。

中学時代に母親を亡くした政雄を、幸太郎は男手一つで育ててくれた。寂しい思いはしたが、政雄と同じおかずの入った弁当を提げて、建設現場へ出掛けて行く父親の日焼けした笑顔を見ると、勇気が出た。

政雄が大学を卒業するまでは、と重ねた無理が、幸太郎の心臓をむしばんでいた。

「死ぬな、おやじ。死ぬんじゃないぞ！」

見通しのいい直線道路に差しかかった政雄が、勢いよくアクセルを踏み込んだ時、赤い旗を持った警察官が前方を遮った。

「四十キロオーバーですよ。無謀ですね。お急ぎでしたか？」

バスで待ち構えていた若い婦人警官が、穏やかな口調ながら鋭い視線を向けた。

「父親が危篤なんです。あとで必ず、必ず出頭しますから、このまま行かせてくれませんか」

中年の運転手の必死の懇願を、

「分かりました。それでは急いで手続きを済ませましょう。まず免許証を見せてください」

と、制服姿の桂子は静かに言った。

処分や罰金の説明もそこそこに、再びハンドルを握って市民病院に駆け付けた政雄の胸に、ひと足遅かったと叫んで、妻の美津子が泣き崩れた。

## ●たばこ

もともとがやせぎすな孝之の顔は、長期の入院生活の衰えも目立たず、枕辺の線香さえなければ、穏やかに眠っているように見えた。

通夜の席に集まった同年の仲間たちは、友人の老親の葬儀に参列して懐かしい旧友に出会う機会が増えてはいたが、とうとう自分たちの中から当事者が出たことに動揺を隠せなかった。

「定年後は夫婦で日本中の祭りを見て歩くんだと言っていたのに、残念だったろうな」

「悔いのない人生を送ろうと思ったら、定年までは馬車馬みたいに働いて、そのあとを思いっきり楽しもうなんて計画はダメだってことだよ。今日一日をほどほどに働いて、ほどほどに楽しまなきゃ、何が起きるか分からない」

「何しろおれたちの世代は、どいつもこいつも、楽しむということが下手だからなあ…」

「結局、生きてる間はたばこだけが楽しみのようなやつだった」

「たばこと言えば、いつだったかおれが見舞いに行くと、孝之のやつ、ベッドから車いすに移って、かすれた声でおれに押せって言うんだよ。そこを右、そこを左って指示されてね、たどりついたところがおまえ、どこだと思う?」

「?」

「喫煙コーナーだよ」

「喫煙ったっておまえ、病院だろ？　喉頭《こうとう》がんの肺転移じゃ、たばこは禁止されてただろう」

「だからとめたんだよ、おれも、ばかなことするなって。するとあいつ、おれの目をこう、のぞき込むようにしてな、聞き取れないような小さな声で、オレニハ、オレノ、カンガエガアル…そう言って笑ったんだよ。あん時の孝之の顔は、妙に晴れ晴れとしてたなぁ」

すると、お茶を運んできた孝之の妻が、突然、わっと泣き出した。

「あの人、たばこのせいでがんになったんです。治そうとしていたころは一本だって吸いませんでした。でも、助からないと覚悟した時に、きっと思ったんです。このまま好きなたばこを断って死んだらたばこに負けたことになる。でも吸い続けて逝ったら、たばこは友達だって」

「…」

翌日の葬儀の日、友人たちはまるで申し合わせたように棺《ひつぎ》の中にたばこを入れて、最後の別れを告げた。孝之の遺体はたくさんのたばこでうずもれた。一つ残らず孝之の好んだ銘柄のたばこだった。

## 父　娘

アルバムを飾る自分の写真が、四歳ごろまでで途絶えている理由《わけ》を、裕子は母親から聞かされて知っていた。

「お父さんは、ああいう人だからね、写真一つでも凝るんだよいろいろと。背景だとかポーズだとか光線だとか。でも、ああしろこうしろって怖い顔で指図されるのは、子どもだって嫌だわよねえ…で、カメラを見るだけであんたが泣き出すようになったころから、あの人の写真は風景写真に変わったんだよ」

こうして、急速にカメラにのめり込んだ誠一は、

「撮影に行く」

日曜日のたびに、短く言い残して出掛けて行った。物々しい器材を入れたバッグをかついで玄関を出てゆく誠一の後ろ姿を、母と子は寂しく見送った。帰宅した誠一は、今度は暗室にこもったまま口を利かなかった。父親を慕う娘の感情は、いつだって強烈な現像液のにおいに拒絶されていた。

趣味に夢中になる男は嫌いだという思いは、母親が交通事故に遭った時に決定的になった。そんな大変な時にも、誠一は撮影に出掛けて留守だった。

「お母さんがどんなに寂しい思いをしたか、お父さん分かってるの！」

通夜の席で裕子は、陳列棚のたくさんの楯《たて》やトロフィーを、泣きながら床にたたき付けた。

(その私が…)

と裕子は思う。

職場と家庭を往復するだけの平凡な男と結婚し、今ではそんな夫をあきたらなく思っている。そして、

「おい、ボランティアもいいが、たまには家にいたらどうだ」

と夫から非難されるに及んで、裕子は無性にあの現像液のにおいが恋しくなった。

誠一は相変わらずカメラだけを生きがいに田舎で年金生活を送っている。

裕子は久しぶりに車を北へ走らせた。

玄関が開いている。

「お父さん？」

返事はないが、かすかに水の音がした。

あわてて浴室をのぞいた裕子が短い叫び声を上げた。

誠一は既に湯船の中で、写真撮影に明け暮れた六十八歳の生涯を閉じていた。

## 咳《せき》

通学路をそれて一本違う道に入るだけで、わくわくするような未知の景色が開けてくる。

やがて、よく似た家ばかりが軒を連ねる静かな住宅地に迷い込んだ雄太が、突然、男の人の咳《せ》き込む声に驚いて振り向くと、声の主は籠《かご》の中の真っ黒な鳥だった。

「ね、お父さん。鳥が咳をするなんてびっくりして見てるとね、家の中から優しい目をしたおじいさんが出てきて教えてくれたんだ。鳥は九官鳥といって、おじいさんの咳のまねをするんだって。勘九郎という名前なんだよ」

雄太が目を輝かせて報告した日、銀三は、久しぶりに交わしたかわいい小学生との会話を思い出しながら、恐怖の夜を迎えていた。

「夜になるとぜんそくがひどくてな、わしの咳を勘九郎がまねする。夜はわしの咳、昼間は勘九郎の咳。ばあさんが死んでから、このうちは一日中咳の音ばかりになってしもうた」

「ぜんそくってなに？」

子どもは、東京にいる孫の賢一によく似ていた。妻の葬儀以来、もう五年も会っていない。

「ぜんそくってのは、咳が止まらんようになる病気でな、たいていは布団に入って体が温まると始まる。しまいには息が吸えんようになって、それはもう死にそうに苦しいんじゃ」

「でも勘九郎は苦しくないんでしょう？」

無邪気な質問をした少年の澄んだ瞳を銀三が思い浮かべた時、咳が出た。

「チッ！　また始まりやがった」

薄い壁一つで隔てられた市営住宅で、大工の源一が腹立たしそうに言った。

「いつもより激しいかい？」

源一の妻が心配したとおり、その夜の発作は一段としつこかった。銀三は部屋の明かりをつけて、二度三度発作止めの常備薬を胸深く吸引したが、それが心臓の負担になった。息が吸えず、頭のしんが凍りついた。

「きみ子！」

遠ざかる意識の底で銀三が妻の名を呼んだ時、まるで助けを呼ぼうとでもするかのように勘九郎が鳴き始めたが、それは銀三の咳にしか聞こえなかった。

「あんた、ちょっと見て来たら…」

「なあに、咳が聞こえるうちは生きてるってことよ。寝ないとこっちが参っちまわァ」

源一は頭から布団をかぶって背を向けた。

翌日、うつぶせの姿勢で発見された銀三の傍らで、勘九郎はまだ懸命に咳を続けていた。

## 手品

社員交流会の幹事は持ち回りで決まるのだろう。慣れない司会者は、マイクを手のひらでポンポンとたたいて電源が入っているのを確かめてから、大声で富夫を紹介した。

「ええ、本日はプロの手品師をお招き致しました。トミー森山さんこと、森山富夫さんです。どうぞご期待下さい」

わずか百人に満たない観衆は、立食の手を休めて拍手で富夫をステージに迎えたが、それもつかの間だった。ステッキを一瞬にしてハンカチに変えようが、そのハンカチの中からまっ白なハトを取り出して見せようが、誰も驚かない。やがてはしを運び、ビールを注ぎ合い、会場は富夫の演技をよそに喧《けん》騒に包まれた。

時代が変わったのだと富夫は思う。

一流のステージで喝さいを浴び、富夫が天才マジシャンの名をほしいままにした昭和四十年代の観衆の瞳は輝いていた。好奇心にあふれ、人が人の芸に素直に感動した。世の中が豊かになるにつれ、人が感動を失っていく様子を、富夫はステージの上から眺め暮らして年を取った。どうやら経済の成長には、人の心をやせ細らせる仕組みが隠されていたらしい。

手品と同じように、何にでもタネがある。

「ええか、昨日と同じ明日を迎えるために今日があるんや。幸せとはそういうもんやで」

一合の晩酌だけが楽しみだった父親の夢のない生き方が、富夫に手品師の道を選ばせた。

「お母ちゃんな、もしも生まれ変わったらあんなつまらん男とは絶対結婚せえへん」

夫の愚痴を言い暮らした母親の姿を自分の妻に見るたびに、富夫は三度離婚を繰り返し、結局、独り身で六十の坂を越えた。血圧が高いと言われながらウイスキーの量が減らせないのも、酩酊《めいてい》が富夫を華やかだった人生の頂きに連れ戻してくれるからだった。

ステージの中央に、黒い箱が用意された。

両手を後ろ手に縛られたタキシード姿の富夫が目隠しをして箱に入り、司会者が念入りに蓋《ふた》に鍵を掛けた。やがて派手な衣装に着替えた富夫が舞台の袖から登場して箱の蓋を開けると、中から数羽のハトが飛び立って、観衆は嫌でも驚きの声を上げるはずだったが、富夫は一向に現れる気配がない。異変に気づいた観衆は初めて一斉にステージに注目した。

司会者が無理やり蓋をこじ開けた。

「脳出血だ！　誰か救急車を」

会場のどよめきを、遠ざかる意識の中で富夫は懐かしく聞いていた。

## 陶　房

死期を目の前にして退院を迫る典三の目にはいや応を言わせない迫力があった。

「しかし命は…」

保証できませんよと言おうとした主治医の言葉を奪い取るように、

「命は、目的があって存在しているのですからね、鈴村先生」

典三は、土色の顔で鈴村をにらみ付けた。

来月には美奈子の結婚式がある。三年前に亡くした妻の菊江と、面差しのよく似たその孫娘のことが、典三はいとおしくてならなかった。美奈子を祝福してくれる人々への引き出物に、心を込めて湯飲み茶わんを焼きたい…。おそらくそれが陶芸家としての最後の仕事になると典三は思っていた。

「絶対にアルコールは口にしないで下さいね。それから、調子が悪いと思ったら直ちに入院してもらいますよ」

鈴村医師の言葉は、作業場に足を踏み入れたとたんに典三の意識から消えた。末期の肝硬変を抱えた患者とはとても思えない力で典三は土を練った。ロクロは、回転するたびに、変哲もない土の塊を美しい造形に変えた。美奈子に対する典三の思いが炎となって、窯の中で燃え盛った。炎は、いつしか美奈子の顔になり、やがて菊江の笑顔になった。気に入らない陶器を焼いては割り、焼いては割りして酒をあおっていた売れない陶芸作家の妻の、それは寂しい笑顔だった。

（どんな時もおれの可能性を信じてくれていたお前に、賞を取った作品を真っ先に見せてやりたかったのになあ…）

典三のほおを、真っ赤な炎を映しながら涙がはらはらと伝い落ちた。

美奈子は真っ白な花嫁になった。

招待客一人ひとりに添えられた湯飲み茶わんは、深い色合いで美奈子の幸福を祝福していた。

典三は上機嫌だった。

酒を注いで回る典三が返杯を受けるのを、誰も止められなかった。

したたかに飲んだ典三は、作業場を兼ねた自宅にタクシーで帰り着くと、流しで水道をひねった。蛇口に顔を近付けたとたん、突然激しく吐いた。食べたものではなかった。

真っ赤に染まった陶房の床に突っ伏した典三の脳裏に、再び菊江の笑顔が浮かんだ。

（おやじのやつ、笑ってる…）

翌日典三の遺体を発見した長男は、しばらくはぼうぜんとしてその場に立ち尽くした。

## ●墜　落

九州へ帰る飛行機のシートに並んで座り、

「そいでん、お父さんが長年のわだかまりば解いてくれて、ほんなごつ良かったばい。きっと夏代も喜んどるとよ」

初子がしみじみと夫に言うと、

「なあん、人の道に外れた娘を許すわけにはいかんが、孫に罪はないけんのう」

茂三は窓に広がる雲海を眺めて目を細めた。

ちょうどあの雲のように真っ白なウエディングドレスに身を包み、由利は幸せそうだった。

「おじいちゃん、来てくれてありがとう」

初めて会う茂三をおじいちゃんと呼んでくれた由利の顔は、若いころの初子に驚くほど似ていた。そのうちまた由利が茂三と初子の血を引いた子どもを産む。太古の昔からこうして受け継ぎ受け継がれて、生命は続いてゆくのだ。

人生は織物のようだと茂三は思う。縦糸は自分の意思だが、横糸は思うようにはならない他人の意思や偶然の出来事でできている。

四十数年前、夏代が妻子ある男と恋愛していることを知った時は、

「そぎゃん女子《おなご》に育てた覚えはなかぞ！」

茂三は、顔の形が変わってしまうほど夏代を殴りつけた。

「お父さんが何と言おうと、うちはあん人と幸せになってみせるけん！」

決してひるまない強情な夏代に腹を立て、さらにこぶしを振り上げる茂三の前に、

「もうやめとうせ！　人間、結局、思ったように生くるしかしょうがなかよ」

初子が泣きながら立ちはだかった。

妻と裁判離婚を成立させた男と、東京で新婚生活を始めた一人娘を決して許さないまま、茂三夫婦は九州の片田舎でひっそりと年を取った。

「いろんなこつがあったばい…」

ポツリとつぶやいた茂三の手に初子が自分の手を重ねた時、機体がガクンと揺れた。

乗客は全員身を縮め、機内はうそのように静かになった。乗務員の慌ただしい動きが、重大な異変の発生を知らせていた。

「エンジンが突然停止したため、機体は高度を下げて太平洋上に着水を試みます」

機長の上ずったアナウンスが静寂を破った。阿鼻《あび》叫喚の中で茂三は初子の手を握り返した。思いがけない横糸で人生の織物が今、織り上がろうとしている。

（しかし、おれの人生、面白かったばい）

機体はやがて紺ぺきの海で大破した。

## ●遺留品

俗に足の踏み場もないというが、栄蔵の住居には、どこから拾って来たともつかない雑多な代物がところ狭しと置かれていた。

「なあ、栄蔵さん。節約もええが、あんたも身一つを養うだけの境遇なんじゃけえ、年金使って、ちったあ人生を楽しんだらどげえじゃ。老人会もええもんじゃで」

町内の世話役が交替するたびに、一度は同じ話をしに出掛けていくが、

「何でも平気で捨てる世の中がわしゃあ気に入らんのじゃ。この家にある自転車もテレビも掃除機も、炊飯器も電気スタンドも冷蔵庫も、タンスも服も靴も、みんな粗大ごみに出とったもんばっかりじゃけえが、ほれ、立派に使えるじゃろうが…」

使い捨て文化に対する批判を一くさり聞かされたあげく、これもまたどこで手に入れたものか分からない茶しぶのついた汚い湯飲みで、色の濃い番茶を出されると、誰も二度と訪ねては

行かなかった。

「あの人にも困ったもんじゃ。やがて喜寿じゃいうのに、あの暮らしぶりじゃ」

「そもそも何をしていた人じゃい？」

「若いころから日雇いのような仕事を転々としとったようじゃて」

「身寄りはおらんのかいのう」

「尾道から越して来た時から独り身じゃけえ、おそらく結婚せずじまいの訳ありじゃろう」

「それにしても、大変なケチぶりじゃ」

「ま、火の心配のないしっかり者じゃ。放っとけばええじゃろ」

町内のうわさ話をよそに、栄蔵は今日も拾って来た洗濯機の手入れに余念がない。

このころの人間は、まだ使えるものをなぜいとも簡単に捨てるのだろう…。

（そういうわしも、いい加減な女のために大切な家族を捨てた大ばかもんじゃ！）

手入れを終えた洗濯機を持ち上げようとした時、栄蔵の顔が苦痛にゆがんだ。

心臓にキリをもみ込まれるような痛みが走り、目の前が真っ暗になった。

栄蔵が倒れる鈍い音に、日なたぼっこをしていた野良猫が驚いて塀に駆け上った。

顔面が紫色になった栄蔵の遺体は三日後に発見された。そして、押し入れから見つかった一千万円を超える額面の貯金通帳の表紙には、尾道に残して来た妻子の連絡先が記してあったのである。

●闘病記録

白衣のよく似合う青年医師から、告知の是非を尋ねられて、

「子どもたちとも相談しましたが、やはり知らせない方が…」

と答えたことを、春江は後悔していた。

「ほっておくとがんになるかもしれへん潰瘍を今のうちに治すんやて。来年の春には光弘も小学校や。あんた、頑張らんとなあ」

医師と口裏を合わせた妻の言葉をすっかり信用した義孝は、

「よっしゃ！　馬に打つような注射でもどんどん打ってもらうでえ。初孫のランドセル姿はどないしても見たいさかいな」

初めのうちは冗談を言って周囲を笑わせていたが、回復どころか、食欲もなくなり、腹水がたまるようになると、次第に口数が減った。

「何で治らへんのやろ？　あれから三カ月やで。とうとう体中チューブでつながれてしもた。おれ、ほんまは、がんやったんと違うか？」

「何ゆうてはるねん、今はインフォームドなんたらいうて、先生が何でも正直に患者に話をする時代なんやで。潰瘍の治療にてこずってるだけや。余計な心配が一番体に悪いねんで。プラ

ス思考や、あんた、プラス思考」

うそはつき通さなくてはならなかった。

「お父ちゃん、あと半年はもたへんねやて。今きちんと本人に告知して退院すれば、しばらくは好きなことができる言わはるねん」

「告知せんと退院させたらどないやの」

「あかん、あかん、症状がようなってへんのに退院したらお父ちゃん変に思わはるわ」

「そやな、おやじ、意外と勘が鋭いさかいな」

「正直に知らせて、悔いのない生活をしてもらう方がええねやろか…」

「あと半年やなんて区切られたら死刑囚と同じや、気の弱いおやじは狂ってしまうで」

「そやな…そやな…」

あの時、二人の子どもたちと真剣に話し合って決めた結論だったが、やせ衰えてゆく夫の姿を見ると春江の気持ちは揺れた。

結局、義孝は、初孫の入学を目前に、たくさんのチューブから解放された。

「あの、布団の下からこんなものが…」

看護婦から渡されたノートには、闘病の記録が克明に書きつづられていたが、

『体力のあるうちに、春江をもう一度東北へ連れて行ってやりたかった』

末尾の一行を読んだ春江は、その場に激しく泣き崩れた。

## ●暗い海

懐かしい室戸の荒海を眺めながら、

「あんたとこうして新婚旅行で来た岬に立ってるやなんて、ほんまに夢のようやなあ」

つぶやく夏枝に、文彦は返事をしなかった。

「あんた、聞いてえへんのんか？　あんた？」

「ん？　ああ、ちゃんと聞いてるがな」

文彦は視線を水平線に向けたままでポツリと答えたが、心は別のことを考えていた。

「あんたは強い人や思うさかい打ち明けるんやけどな…」

妻はあの時そう前置きし、肝臓に転移した忌まわしい病名と、半年の余命を打ち明けた。

「二、三カ月は普通に暮らせます。どうか悔いのないように過ごしてください」

若い主治医から正式に告知を受けた文彦は、即座に四国行きを決意した。もう一度夫婦で室戸岬から海が見たいという妻の夢を、体の自由の利くうちにかなえてやりたかった。これから世話になるからではなかった。これまで苦労をかけたわびのつもりだった。

「そうか…そやったんか。なあに、人間誰でも一度は死ぬんやないかい。人生の整理をする時間が与えられたと思たら、がんゆうのんは、ありがたい病気やで」

自分にも他人にもそう言い聞かせて、達観したように日常を暮らし始めた文彦だったが、一日刻みで近づいてくる死の影はさすがに恐ろしかった。

道路の割れ目に咲く名もない花の姿に涙が出るほど感動したかと思うと、バラエティー番組を見て笑う家族にひどく腹が立った。何を食べても初めてのように新鮮だったが、食べたとたんに印象ははるかかなたへ遠ざかって、はかない記憶になった。

その晩、四十年前に泊まったのと同じ温泉旅館に再び部屋を取った二人は、気恥ずかしいような二流れの布団に並んで横になったが、電気を消してしばらくすると、突然文彦が夏枝にしがみついた。

「なあ、夏枝、あと半年やなんて何でわしに教えたんや。わしはみんなが思うてるほど強い人間やない。わしを離さんといてくれ！　一日経つと一日死が近づく思うたら時計の音が怖いんや。目えつぶるのんが恐ろしいんや。怖おて怖おて、毎日気が狂いそうなんや」

子どものように泣きじゃくる夫を抱き締めた夏枝の目の前に真っ暗な海の景色が広がった。

## ●祈とう

数枚の一万円札の入ったのし袋を用意して、早く早くと家族を急《せ》かす秋江の目は、正常な精神の輝きを完全に失っていた。

「こんな真夜中に孫たちまで引っ張り回すのはやめた方がええで」

芳博が何度忠告しても、

「あんたのために眠い中をみんな頑張ってるんやないの。ひとごとみたいな口、利かんといてほしいわ。実際にお滝さまの力でがんが治った人が何人もいてはるんや。医者に見放されたら神さんに頼るしかあれへんでしょう！」

いつもの議論を繰り返した揚げ句、結局は芳博が七人乗りのワゴン車を運転させられるはめになる。

「もうええんや。あとの半年で、わしは人生の整理をしたい思うてる。訳の分からん神さんに振り回されてる時間はないんや」

とでも言おうものなら、

「そら、先に逝くあんたはええで。せやけど残されるうちらはどないすんねん。あんたに生きててほしいさかい、家族みんなでご祈とうに行くゆうのんに、肝心のあんたがあきらめたら、話にならんでしょう」

秋江の正しすぎる攻撃が待っていた。

山の中腹で車を下りて、細い道をしばらく歩くと、滝の音が聞こえて来る。

滝つぼのほとりにしつらえられた板敷きに一列に正座して鈴を鳴らすと、御幣を張り巡らし

た怪しい山小屋から、白装束の祈とう師がたいまつを掲げて現れ、

「祈りなはれ、祈りなはれ！　祈りの力が強いほど、祈りの数が多いほど、霊験はあらたかや。さあ祈りなはれ、命がけで祈りなはれ！」

手に持った榊《さかき》の枝に滝の水をつけては居並ぶ信者の頭上で振り回す。

「お滝さま！　お滝さま！　お滝さま！」

こんなことでがんが消えるとは、誰一人信じてはいなかったが、今となっては秋江の気が済むようにする以外に方法がなかった。

# ●能登半島

「どうですか？　体の具合は…」

診察に訪れた芳博の様子に若い主治医は驚いた。

患者の憔悴《しょうすい》ぶりは、病気の進行を超えている。そして、戸惑う主治医をにらみ付け、患者は大声でこう言ったのである。

「何で先生は私より先に妻に病名を告げはったんです！　変な宗教に夢中になって、サラ金から百万も借金したやないですか！」

たった今、息を引き取ったばかりの孝介の亡骸《なきがら》にとりすがり、

「あんた、なんで死んだんや、あんた！」

須美枝は激しく取り乱した。

「先生、この人の病気は潰瘍やったんでしょう？　何で治らへんかったんですか！」

「奥さん、実は…」

若い主治医は須美枝をいたわるように、

「ご主人はがんでした。検査した時にはもう肝臓に転移していて、手の施しようがなかったんです」

「が、がんやなんて、そんな…」

須美枝には寝耳に水だった。あの日、検査から戻った孝介に、まさか悪い病気やないやろうね…と尋ねると、

「高い掛け金払うてせっかくがん保険に入ってるいうのに、残念なこっちゃな」

冗談で笑い飛ばした夫ではなかったか。

「ご主人もうすうす察していらしたらしく、限られた命なら、体力のあるうちにやりたいことがある、本当のことを教えてほしいとおっしゃるんです。その迫力に圧倒されて、私、長くて半年でしょうと正直に告知しました」

「ほな、先生、なんで私には…」

「知らせないでくれとご主人が強く希望されたのですよ。あなたとは、死を間に挟まないで残された日々を暮らしたいとおっしゃって」

普通は本人だけが知らされない場合が多いんですけどね…と付け加える主治医の言葉を須美枝は聞いていなかった。

須美枝はこの夏、孝介と四十年ぶりに見た能登半島の海を思い出していた。

「海だけはちっとも変わらへんねえ」

とはしゃぐ須美枝に、

「ああ、五日間はもう一ぺん新婚やで」

明るく答えた夫は、限られた命を承知の上で妻を思い出の北陸の旅に誘ったのだ。

何も知らない須美枝は、昔に返ったように夫と腕を組み、カメラの前でポーズをとった。

旅行から帰った孝介は、須美枝が苦にしていた家の障子をすっかり張り替え、不便だった物置の中を整理し終えると、全身のけん怠感を訴えて入院した。それが最後だった。

「つらいことみんな独りで背負ってからに、あんた、水臭いやないの！」

泣き崩れる須美枝の耳元で、

「どや、ええ生きざまやったやろう」

孝介の得意そうな声が聞こえたような気がした。

## ●迷い

ナースステーションに隣接する窮屈な小部屋で、さまざまな角度から撮った患部の写真を見せながら、

「いずれにしても、一年は難しいでしょう」

眼鏡の奥で光った若い主治医の科学者のような目が、一郎の脳裏に焼き付いている。

「少しでも延命の可能性があるんなら、化学療法をしてもらおうやないか、な、お母ちゃん」

「けど…」

「けど、なんや？」

二郎が血の気のない民子の顔をのぞき込んだ。

「化学療法いうのんは副作用がきついて先生が言うてはったやろ？」

「そこや。おれもそれで迷うてんねん。毛が抜けて吐き気が続いて体がだるいんやろ？　そんなんで命が延びるのんをお父ちゃん喜ぶやろうか？　第一、化学療法するいうことは入院が続くんやで。どうせ助からんのやったら、まだ体力のあるうちに退院して家で過ごさせてやったらどないや。やっとローンを払い終えたお父ちゃんの家で」

「分かるで、二郎。けどな、肝臓の辺りに大きな影があるいうことは、説明受けてお父ちゃん

も知ってんねんで。治療もせんと退院させたら、がんや言うてるようなもんやないか」

「化学療法かて病名は分かるやろ？　同じこっちゃ。この際、きっちり告知した方がええ。そうと分かれば、お父ちゃんかてしたいことがあるやろ」

「アホ、そんなん言うたらお父ちゃん気が狂うてしまうで。最後まで知らせん方がええ。腫瘍《しゅよう》ががんにならんように念のための化学療法やて先生に言うてもらえば、半信半疑でも信用するわ」

「お父ちゃん、そない弱い人間やろうか」

「強い思うてたんか？　お父ちゃん、おれやおまえの合格発表かて、まともによう聞かんとパチンコに行ってたんで」

「それとこれは違うやろ。家族のためにきっぱりと単身赴任を断った時のこと覚えてへんか？　みすみす支店長の地位を棒に振ったけど、おれ、強い人や思うたわ」

「おれとおまえとで、おやじの姿、全然違うなあ」

兄弟は途方に暮れて民子を見た。

民子は二人に背を向けて、ポツリと言った。

「お父ちゃんな、ほんまは病気のこと知ってはると思う…」

## ●地蔵堂

目が覚めると、霧のような雨が降っていた。立ち上がる時、軽いめまいがしたが、ヨシはいつものように古びたやかんに水をくみ、ビニール傘をさして外へ出た。一キロほど歩いた山すそに犬小屋より小さな地蔵堂がある。穏やかな表情の石像の前で、昨日ヨシが供えた花がしっとりと春の雨に濡れている。湯飲み茶わんの水を新しいものと取り替えると、ヨシはしわだらけの手で合掌して目を閉じた。

半世紀も昔にヨシの胎内で生を終えた四番目の子どものめい福を、こうして毎朝祈るようになったのは、孫の正幸が敗血症で入院した時だった。

「医者は今夜がヤマや言うんじゃが、正幸の体にはもう点滴を打つ場所がないんじゃ」

病院に付き添っている長男夫婦から半狂乱の電話を受けた夜、ヨシは夢を見た。夢の中でヨシは、三人の子どもたちと一緒に裏山で山菜を採っていた。

「お母ちゃあん！　待ってよお」

「お母ちゃあん！　待ってよお」

振り向くと、はるかふもとで小さな子どもがちぎれるほど手を振っている。それが生活のためにやむを得ず堕胎した四番目の子であることを、ヨシはその時ありありと理解した。

「どうしたんじゃ、しっかりせい！」

夫の勇三に揺り起こされたヨシは、月明かりの夜道を一目散に地蔵堂へ走って手を合わせた。正幸は翌朝、奇跡的に危機を脱した。

それ以後、ヨシは地蔵参りを欠かしたことがない。三人の子どもはそれぞれに独立し、外孫を入れるとヨシには今、立派に成人した七人の孫がある。幸せの背後にふとよぎるヨシの後ろめたさを、山すその小さな地蔵が見守り続けた。

「お帰り、ばあちゃん、朝ご飯できとるよ」

嫁の春枝が声をかけた。

「風邪でもひきかけたんかのう…食べとうないんじゃ」

ヨシは自分の布団で横になった。

「おい、えらい静かじゃが、おふくろまだ寝とるんじゃろか？」

夫の和男に促され、ヨシの部屋をのぞいた春枝が叫び声を上げた。

ヨシが眠るように死んでいた。

人さまに迷惑をかけないで逝きたいと言い暮らしていたヨシの、米寿を目前にした見事な大往生だった。

本書は中日新聞朝刊生活面に平成六年五月から長期連載中で、今回出版にあたり八十編を選んで編集したものです。

著者略歴

渡辺哲雄（わたなべ　てつお）

1950年、岐阜県郡上市に生まれる。
73年、関西大学社会学部を卒業して、岐阜県福祉職に採用され、武儀福祉事務所、飛騨児童相談所、わかあゆ学園（児童自立支援施設）などを経て、86年から県立多治見病院医療相談室にケースワーカーとして勤務。90年、岐阜県ソーシャルワーカー協会長に就任。2001年、日本福祉大学中央福祉専門学校専任教員。著書は『老いの風景』シリーズ（中日新聞社）、『病巣』（日総研出版）など。
現住所は名古屋市東区芳野三丁目6-28
ライオンズシティ東白壁201号

続 老いの風景～人生を味わう～

平成13年9月26日　初版第1刷発行
平成22年4月28日　初版第9刷発行

著　者　渡辺　哲雄
発行者　川村　範行
発行所　中日新聞社
〒460-8511
名古屋市中区三の丸一丁目6番1号
電話　052(221)1714（出版部直通）
振替　00890-0-10
印刷所　株式会社　クイックス

定価はカバーに表示してあります。
乱丁、落丁本はお取り替えいたします。

ISBN4−8062−0435−8 C0095